世界新经典动物小说馆

救援犬佐罗

Zorro Nella Neve

［意］保拉·扎诺内尔 著　　应超敏 · 译

浙江摄影出版社

目录

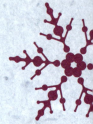

CONTENTS

1. 雪葬

卢卡睁开眼，四周漆黑一片，身上仿佛压了千斤重担，动弹不得：自己此刻正埋在雪下。

当他意识到自己还活着时，他试图大声呼喊。可身上的厚雪不仅束缚了他的身体，也挡住了他的声音。他想伸手去掏装在裤子口袋里的手机，却不想双腿被雪死死压住，他的身体仿佛被硬生生地塞进了

一件小号衬衫里。

这就是他当下的处境：一具缩成一团的活木乃伊。

他经常滑雪。踏着滑雪板穿梭在云杉树间时，他觉得自己无所不能又无比神圣。他喜欢自由，总是远离那些被成千上万的滑雪板碾过、早已化为冰水泥混合物的滑雪道。有一些傻瓜会踩着带除雪装置的滑雪板滑行，如果你从他们身边超过去，他们会朝着你的背影大声咒骂，然后立刻跑去设备管理处投诉，那么你将被管理人员一顿训斥：你们这些来滑雪的，就知道找麻烦。然而他们所指的"你们"到底指谁呢？

卢卡喜欢一个人滑雪。因为约朋友一起上山，正式得像邀请别人参加舞会一样，极其麻烦：大伙儿会千叮咛万嘱咐，让你至少提前一周去确认时间。但是要知道，只有在雪刚止的时候上山，才能看到最棒的风景。等待你的将会是一幅和今天早晨一样壮美的画卷：在抹了重釉的蓝天下，皑皑白雪像金粉一样在阳光下闪闪发亮。

今天，他终于鼓足了勇气对自己说："我要去云杉树间自由飞翔，就一小会儿。"可他不幸撞到了树干，紧接着被甩向另一棵云杉树，然后一路向下滑，不久之后他听到了一声巨响。这并不是因为打雷或者刚巧某架飞机掠过，而是雪崩的声音，就像一个隐形的巨人在低语。

雪像瀑布一样从四面八方落下来，遮住了湛蓝的天空，犹如带着冰冷泡沫的可怕巨浪，向卢卡涌来，来陪他一起玩耍。巨浪就像鲸鱼吞掉小鱼一样，很快就把他吞噬了。而他保持着冲浪的姿势，一头扎进了鲸鱼的腹腔里，一瞬间伸手不见五指，卢卡的眼泪哗哗地往下流。这结局实在太凄惨了，比老鼠被捕鼠夹夹住还要糟。

卢卡试图在雪里挣扎，但无济于事。他冻得瑟瑟发抖，上下牙齿开始打架，就跟动画片里播的那样。他转了转脑袋，一边大声呼救，一边把双手从手套中解放出来，打算挖个洞逃出去。但该从哪儿下手呢？下面，还是侧面？他记得在某部电影里，有一位女英雄被活埋在一个墓穴里，她徒手挖了个洞，最后逃了出来。

卢卡咒骂了几句，但还是无奈地把冻僵的手指插入结冰的泥土里。透心的寒冷使他忍不住抽泣起来——这简直就像在挖水泥——他又哆哆嗦嗦地戴上了手套。

卢卡低下头想象，祈祷着会有一架直升机飞来救他——雪崩发生时，很多人都看到了，他们立刻发出了警报！保持冷静，理性点，不能被恐惧击败，他对自己说。但是不断淌到脖子上的泪河，透露出他的内心已经被恐惧占领。他告诉自己要冷静，好好想办法。你遇到了雪崩，周围还有空气，手机还在，他们会找到你，一定能找到你。

但他并没有听到直升机的声音，更没有呼喊声，甚至手机都不响了，无法给出生命信号。手机已经失去了生命迹象，它也许受潮了，也可能摔坏了。

卢卡的手已经无法摸到被雪埋住的腿上。他似乎是要睡着了，所以反而也不觉得有那么冷。也可能因为他穿了保暖衣，而且刚刚解了小便，体液的温暖传遍了全身。他像念咒语一样不断地重复：我还活着，他们肯定会来找我。我没回家，没接电话，爸爸应该已经到了滑雪场，他应该已经叫了消防员。

他等啊等，就好像那个乐观的想法能把这个冰雪墓穴消融掉似的。突然，他听到从很远很远的地方传来人的声音。卢卡竖起了耳朵——他并没有神志不清——他的心跳在加速：天哪，真的，这确实是有人在说话。

"救命，我在这里！"他拼命喊道，"我在这里，我在这里，救命！救命！"他的声音被厚厚的雪层挡了回来。

"卢——卡，卢——卡，卢——卡……"

"我在这里！该死，我在这儿！"

"卢——卡，卢——卡，卢……"呼喊声像海妖邪恶的召唤一样越走越远。

声音越来越轻，直至消失在空气中。

"我在这里，我在这里……"卢卡低声啜泣着。

接下来又是一片沉寂。寒冷用专业女管家那种兢兢业业的态度，把他包裹起来，使他闭上双眼，用冰凉的气息吹干了他的泪痕，然后把他抱在怀里，轻轻摇晃，在他耳边低声细语，哄他入睡。卢卡慢慢睡去，他知道自己再也醒不过来了。

2. 佐罗

佐罗竖着耳朵，仰起头。它认出那是布鲁诺的脚步声，对于这点，它无论如何都不会搞错。布鲁诺既是它的主人，也是它的朋友。它欣喜若狂地摇着尾巴，站了起来。

佐罗在家打了一天瞌睡，现在布鲁诺来了，他们终于能一起玩了。虽然佳达总是叫佐罗去花园里活动筋骨，但这对佐罗完全不管用。因为它对那一小块被雪覆盖着的土地了如指掌，没什么再能激起它的兴趣和好奇心。佳达也是佐罗的朋友，但她和布鲁诺不一样，很多布鲁诺会的技能，她都不会。她不能像布鲁诺那样走很多路或者快速奔跑，因为她很快就会疲倦。她大部分时间都待在家里，她喜欢塞着耳塞，躺在沙发上或者床上。跟佳达在一起的好处是，有时候她会让佐罗爬到她床上，不过这一定不能让布鲁诺知道。佳达会抚摸它，抱着它，佐罗真希望一辈子陷在那柔软无比的羽绒被里。但这是布鲁诺的脚步声，佐罗像弹簧一样立刻站起来，早早地候在门口，等待男人用钥匙开门，把脚迈进家里。当布鲁诺开门进来，对它说"佐罗，你好。帅哥，你好"的时候，它早已做好了立正的姿势。

布鲁诺把手放在佐罗的脖子上摸了摸，佐罗半合上眼，显得十分享受。佐罗可以在无数双手中立刻辨认出属于布鲁诺的那双，也能在数不清的气味中分辨出布鲁诺的味道：混合着烟草味、皮肤的气息、汗水味、须后水的香味，以及黏在工作靴底的泥土和青草的气味，这些气味挑动了佐罗的嗅觉。它盯着男人的脸，似乎在问："我们出去吗？你是来带我出去的吗？"

"你们一整天都待在家里？"布鲁诺用懊恼的语气问道。佐罗张开嘴：是的，我们一整天都躲在屋内，因为佳达怕冷。它想这么回答布鲁诺，但从它喉咙里没有发出任何声音。只不过，佐罗不用说话，布鲁诺也能立刻理解。

"我们家大小姐怕冷，没带你出去。"他边说，边弯下腰抚摸佐罗，"待会儿补起来，让我先喝杯咖啡。"

有时候，布鲁诺身上会带着浓郁的咖啡味或者烟味。佳达身上就没有，她闻起来像糖、鲜花、香皂和蜜饯，还带着狗和男人都很少接触的一些东西的气味。布鲁诺闻起来则既不像糖果也不像牛奶——佐罗记住了这两种味道——虽然它们并不能像食物、水或者奖励游戏一样给它带来愉悦感。只要一想到后三者，佐罗就会忍不住流口水。

很快，厨房里弥漫起一股咖啡味，掩盖了所有其他气味。佳达穿着羊毛短袜，套着厚毛衣，双手抱着身体走了过来："爸爸，一切顺利吗？"

布鲁诺转过头。他清澈的蓝眼睛盯着佳达干净的浅褐色眼睛，发出首领的目光，让人无法躲避。佐罗知道接下去会发生什么：佳达会像小狗崽一样，垂下眼去。假如你不低头，继续和他对视，那就代表你在向他挑战。公然违抗布鲁诺的后果是，他会不叫你帅哥，不带你出去，不把小红球拿出来，也不会把它抛得远远的，更不会和你一起在田野里奔跑，看谁先把球接住，总之他会不要你。

但佳达并没有低头。

佐罗紧张地嗅了嗅，除了闻到咖啡味外，它意识到这里马上会爆发一场争吵。布鲁诺看上去神情不定，这预示着暴风雨的来临。正如佐罗所想：千万不要挑衅布鲁诺。

"一切都好。"布鲁诺嘟囔道，但其实这是句反话，"你呢？"

然而浅褐色眼睛并没有退缩，而是摆出一副无辜的表情，再配上佳达柔和、清脆的嗓音："我很好，为什么这么问？"

"当然，很好。"布鲁诺低声说道。

为什么佳达不明白这其实是首领的咆哮？目的是希望她听话点。如果可以的话，佐罗一定会立刻咬住她的后脖，把她拖回房间。但佳达太大了，又很重，她还是布鲁诺的女儿，理应由布鲁诺来管教。佐罗情不自禁地轻轻叫了几声，然后用发痒的鼻子嗅了一下空气。天哪，这里到底汇聚了多少情绪电波啊！

布鲁诺把目光转向佐罗，他做了个手势，示意佐罗坐下。他的狗顺从地坐在地上，闭上了嘴。就在这时，佳达叹了口气："哦，拜托，爸爸！怎么了？你一进门就板着个脸。"

布鲁诺皱皱眉头。佐罗意识到他的怒气指数即将爆表，以为他会提高嗓门，但事实上他的声音小了下去，嘟嘟囔囔道："我板着脸，是的。你倒是看看，厨房像什么样子，再看看你自己有多邋遢！是起床后，还没来得及换睡衣还是已经换上了睡衣，准备睡觉？我打赌你肯定一直在玩电脑，没有带佐罗出去散步。"

佐罗警觉地竖起了耳朵。自己跟这件事扯不上任何关系，它可什么都没干！

"佐罗，佐罗……你满脑子都是佐罗！狗待在家里有什么不好，外面太冷了，我身体不舒服。"

"当然了，你身体又不舒服？也不会换个借口。所以你就不用做作业，也许连明天去学校都能省了，对吗？"布鲁诺提高了分贝。他摆出威严的态度，证明自己才是一家之主。

"唉，听我说，爸爸！"佳达松开手臂，用力往下一甩，然后抬

起了下巴。她完全没准备让步，而是选择继续挑战布鲁诺，"你怎么了？一进门，连招呼都不打，就开始说教。我刚才一直在学习，况且厨房也不是我的分内事儿。"

"啊，那是谁的分内事儿？你妈今天要值一天班，等她下班回家，你就打算给她看这副乱糟糟的样子吗？"布鲁诺指指东倒西歪地堆在水槽里的脏锅子、罐子和盘子。

"妈妈回家时，会看到我为她精心准备的美味甜点。你根本没看我做了什么，只会对我没做的事指指点点。"佳达的声音有些颤抖。她身上的气味变得有些刺鼻。她在出汗，情绪极度紧张。佐罗想靠近她，舔舔她的手，以示安慰，但它不能这么做。因为这样会激怒布鲁诺。他现在就已经够愤怒了。

"啊，原来是这样。蛋糕，真棒。有了蛋糕，也许我们就会忽略其他的，就会表扬你。看看厨房有多乱！今天是星期天，我们还要在外面工作，你却完全意识不到我们的辛苦。你倒好，在家做蛋糕，然后把无聊的扫尾工作都留给别人，对吗？"

"除了批评我，你还会说别的吗？"佳达强忍住眼泪，反驳道。

"我是你爸爸，这是我的职责。"

佐罗继续看着布鲁诺。他喝完咖啡，把杯子放在水龙头下冲了冲。

"什么职责？爸爸，你说来说去就这么几句话，我真的烦透了。你难道认为我们都和你的狗一样，必须听命行事？！"佳达的声音有些哽咽，最后几个字几乎是喊出来的。

"你哪来这么大胆子？"布鲁诺吼道。就在这时，佐罗偷偷溜走了。让两个人类自己去解决吧。小姑娘和她爸爸的脾气如出一辙。她抬头看着布鲁诺，现在轮到她喊了："我有权利表达自己的意见，难道不行吗？难道你要搞独裁吗？"

佐罗沿着走廊一路小跑，想立刻找到一个听不到争吵声的地方。对于佐罗灵敏的感官来说，空气中的电流实在太强了，它不知道该站在哪边。帮布鲁诺还是帮佳达？它是布鲁诺的狗。如果是外人挑衅布鲁诺、佳达或者梅兰妮亚的话，事情会好办得多：佐罗很清楚应该帮谁，它会对着外人咆哮。

但在布鲁诺和佳达之间，它不知如何选择：它既不能舔佳达的手，也不能对着她咆哮，它同样也不能舔布鲁诺的手，更别提咆哮了。也许布鲁诺也在生自己的气，因为它毕竟爬到佳达床上，躺在了羽绒被上。现在它最好还是从布鲁诺的眼皮底下消失。想想可以和自己的朋友出门散步，多么美妙！再加上它早已闻到布鲁诺鞋底上黏着的泥土和刚落到地上的白雪的气味。佳达很怕冷，也不喜欢雪，可佐罗恰恰相反。它欣赏雪花轻盈飞舞的姿态，钟情雪团柔软如絮的样子，它喜欢雪花落在自己身上、飘进自己嘴巴里的感觉。

它在雪坡上肆意奔跑，布鲁诺踩着滑雪板在它身边滑行，或者会再教它一个回转滑雪的动作，这种感觉简直让它疯狂。为什么佳达就不能和它一起出去玩呢？当佐罗还是小狗崽，佳达还是小孩子的时候，可不像现在这样。随着佳达长高，变得越来越温柔之后，他们一起出去玩的机会就逐渐变少了。也许佳达希望别人能听她的，但这根本不可能，因为佳达和梅兰妮亚一样，是女的，布鲁诺才是一家之主，一切都应该由他来决定，而且他有许多技能，会跑步、爬树、攀崖、滑雪，他还会飞。佐罗信任并且依赖他，只要跟他在一起，无论去哪里，佐罗都觉得很开心、很舒服、很幸福。但为什么佳达不高兴呢？

佐罗蜷曲在布鲁诺和梅兰妮亚卧室里的一把扶手椅后，它把头靠在腿上，叹了口气。它在这个房间里，听不到争吵声，也感受不到那些让它反感、难受、讨厌的电波。它闭上眼，也许因为困了，它才躲到这里。它梦见自己站在雪地里，一阵风飘来，它闻到了小树林甜中带苦的气味、飞鸟的香味、某头小鹿刚留下的新鲜脚印的气味、被雪覆盖着的薄荷草散发出来的气味、树枝表皮的麝香味、隐藏在树根下的野生菌的芳香。一曲香味交响乐愉悦了它的感官，让它能更快找到搜索目标。对于佐罗来说，这里没有人类的气息，只有属于野生生物的香味，它在梦境中的树林里自由呼吸。

突然从外面传来了一声口哨。佐罗立即醒了，它站了起来，然后静悄悄地跑出房间。争吵声停息了。隔着那扇紧闭的房门，佐罗也能感知到佳达待在她的房里。布鲁诺站在大门口，他已经穿好了上衣。佐罗兴奋地摇着尾巴。

"我们去散步，快。"

大门终于打开了，佐罗一路冲到花园的栅栏处。天空有些昏暗，白色的山峰犹如风中飘荡的床单。佐罗嗅了嗅冰凉刺骨的空气，感觉鼻腔吸进了一团火。它跳起来，摆了摆尾巴。树林在向它召唤，鸟儿们在山顶回旋啼鸣。赶紧走，赶紧走，它的身体不由得抖动起来，随时准备向前冲。但佐罗克制了这种冲动，它一步步往上走，视线自始至终没有离开布鲁诺。布鲁诺面露愠色，双手插在口袋里，正敏捷地往上行走。在走过最后一栋房子后，佐罗望了一眼它的朋友，它明白，自己可以自由奔跑了。

它身体中的那团火熊熊燃烧起来。凛冽的寒风冻住了飘散的香气。它一路往上奔跑，运动产生的热量温暖了耳朵和鼻子，让它闻到了更加具象的气味。这些气味好似明亮的圆圈和方形，它们在一起组成不同的图案和形象，挑逗它的舌头，在它的耳朵里嗡嗡作响。

又传来了一声口哨。佐罗停下脚步，瞪大眼睛，然后转过身往回跑。布鲁诺正站在一簇矮灌木丛边打电话。佐罗刚气喘吁吁地赶到，他就把手机装进口袋里，对它说道："有紧急情况，赶紧走。"

"紧急情况"，佐罗明白这个词的意思。它知道这个词代表必须立刻出发，去一个偏远、陌生、荒芜的地方。它明白，在那里它不能像现在一样玩耍，自由追逐、组合和拆散这幅野外的风景图。在那里它要辨认、寻找人类的踪迹。佐罗望了望天空，原本的乳白色发生了细微的变化，夹杂了一丝灰色。它知道自己必须去某个地方连夜搜寻一个走失的人类，但谁知道是哪里。

3. 流浪狗救助站

玛丽砰的一声关上车门，她听到了车门发出令人担忧的咯吱声。这辆老爷车迟早会散架的，她担忧地想着，然后第一百次叮嘱自己不能再这么重手重脚了。当下的她又急又怒，忍不住用力过猛。同样的事居然再一次发生了，可她却无能为力。玛丽感到了愤怒。

玛丽拖着沉重的步伐，万分焦急地朝办公室走去。一路上，不断有哀号声和狂吠声闯进她的耳朵。狗狗们组成了一个合唱团，从她关上门起，就开始了它们的表演。首先响起的是莫利的叫声。独唱者莫利能从汽车发动机转动的声音，判断出是不是玛丽回来了。哪怕莫利不是警犬，没经过技能特训，也能认出那辆破车发出的独特噪音。莫利每次都能在很远的地方感知到玛丽回来了，它会大声叫着向她打招呼，这让玛丽心里甜丝丝的。事实上，莫利是一只体型很小的母狗，已经十岁了，因为没人愿意收养它，它已经成为流浪狗救助站的"元老"了。莫利是比格猎犬和猎肠犬的杂交种。玛丽第一次去做志愿者的时候，一下子就注意到了它。它的眼神中充满着哀伤，希望能找到

一个人类朋友把它带回家。但玛丽去救助站并不是为了收养狗,而是为了照顾所有寄居在那里的狗——这是她儿时的愿望,它们被无情地抛弃,它们需要温情、爱抚和关注。她高中毕业后选择了兽医专业,并在大学的第一年实现了这个愿望。

"我需要积累经验。"她在家里说道。

"只要你不把那些畜生带回家就行。"父亲坚持用"畜生"来称呼那些狗,仿佛它们都很野蛮,很可怕。但玛丽从出生起就喜欢狗,喜欢世界上所有的狗，更喜欢像莫利一样被遗弃的、孤苦伶仃、被人瞧不起的狗。难道就因为莫利血统不纯，长得不好看——棕色的毛发既粗糙又稀少，头大，爪子干瘪，就要把它遗弃？儿时，玛丽试图用各种方法说服父母同意自己养一条小狗，但他们始终固执己见，不肯让步。爸爸是因为发自内心地对"畜生"反感，妈妈则是害怕失去自由旅行、住高档旅馆的权利，因为那里禁止携带任何宠物。他们俩都坚信，哪怕是一只小型犬也会成为负担。

"等你长大了再养。"他们总是这么说。

现在玛丽长大了，她问自己："怎么能只想着养一条狗？"实际上有那么多流浪狗等她去照顾。现在她住的公寓只有一间房大小，比她跟父母一起住时的房间小得多。但她并不抱怨：拜托，作为学生，能一个人住上单身公寓，她已经感到很幸运了。对于她的大多数同学而言，只要能住在公寓里，哪怕是两三个人住一个房间也会兴奋得不得了，总之不住学生之家就好——当然学生之家只是个委婉的叫法，事实上它更像个营房。

总而言之，当下她觉得在那间狭小的公寓里养狗是行不通的，毕竟许多事在那里都干不了：不能在窗口晒衣服，无法在阳台上种罗勒，更不用说在院子里停自行车了……公寓管理处列了表，上面写着明令禁止的事项，但内容实在太多了，玛丽根本懒得去看。更别提想在这儿养狗了！另外，玛丽在这间如同洞穴的房子里，除了可以勉强用一下房东引以为傲的厨房外，基本没有自主权。厨房只有衣柜般大小，对玛丽来说，简直就像她小时候玩的芭比娃娃的厨房。她每次开煤气灶，都担心会把房子炸掉。

开学后，玛丽除了上课，就是待在图书馆里。她还决定在学习之余，去这个小城市的流浪狗救助站做志愿者，尽管她对这儿还不甚了解。这座小城市位于大山脚下，离她父母居住的大城市很远。直到现在，玛丽的父母都无法理解她为什么偏要在那里学兽医。她有很多更好的选择，比如留在父母生活的繁华大都市里。

玛丽忍受不了大城市里那些人工兴奋剂——剧院、电影院、高档餐厅、商店、咖啡馆、博物馆。在那里找不到公园、大树，也没有乡村的气味。如果排除那些穿着小衣服、小雨鞋的宠物猫狗的话，连动物都没有。她想去一个宁静的地方安心读书，最好开车就能到野外，还可以看看附近的野生动物。所以她选择了这里，仿佛冥冥之中有天意，玛丽又很快找到了这家救助站。救助站建于十年前，当初政府想把它建造成动物之家，用来收养各种流浪动物，但随着时间的流逝，这里并没有扩大，也没有得到完善，反而日趋衰落，越来越穷。幸好还有像玛丽这样的志愿者，他们会来修缮屋顶、台阶，邀请做电工的朋友帮忙替换被老鼠咬烂的电线，说服购物中心的经理低价卖给他们食物或者干脆免费捐助给他们。那些爱狗人士要么会带着自己的名犬参加各种选美，要么喜欢观看像北极鲸鱼或者地中海海豹这样的比赛。破旧的流浪狗救治站无法引起他们的兴趣，所以寻找免费赞助至关重要。在这个救助站里，生活着许多像莫利一样丑陋的杂种狗，它们生活在无尽的担忧中：这个政府开设的救助站，离倒闭也只有一步之遥了。

　　自从玛丽来了救助站，情况似乎有所好转。志愿者团队为救助站设计了一个标识，印刷了宣传画，还在 Facebook 上开设了一个账号……推广活动吸引了不少人的关注，救助站赢得了一些小额捐助，甚至有一些慷慨之士，他们大部分都是网站上的匿名来访者，积极参加"远程收养一条小狗"的活动——每个月按时为某条狗支付购买食物的费用。

　　志愿者团队在设计标识和宣传画的时候，一致投票把莫利选为救助站的吉祥物。一方面因为它是救助站的元老，但更重要的原因是虽然它不怎么起眼，可正如摄影师所说，"它有一种触动人心的能力"。

　　"是的，触动人心，"玛丽时不时开玩笑说，"但我觉得它是马屁

精。当它瞪着水汪汪的眼睛看着你的时候，谁还受得了？"

食物是莫利唯一的幸福来源。正如玛丽所言，当它瞪着水汪汪的眼睛看着你时，没人能忍心拒绝它。于是莫利就这样吃得和橡木桶一样。兽医每个月会来救助站查看一下动物们的健康状况。为了让它节食，玛丽不得不把它带到兽医那里，并劝说另外一些新来的志愿者别被它可怜的眼神俘获，一时心软，让它暴饮暴食。

莫利，莫利！它在这里，它隔着笼子，摇着尾巴，有节奏地叫着，好像在说："你好，玛丽，你好，玛丽，你好，玛丽。"

"是的，你好，莫利，我来了。你等等，我先去下办公室。"

她走进办公室，顺手把身后的门关了起来，但她的愤怒并没有平息。

"你好，我来了。"她宣布道。

瓦莱里奥抬起头，他戴着一个红色的头箍，把凌乱的头发固定在脑后："你好，那我走了。"

"你去哪里？"玛丽问道，疑惑不解地看着他。

"听我说，我把所有的狗都喂过了，狗窝也打扫了。我一直在等你来，我已经迟到了。"

"那小狗崽呢？"

瓦莱里奥用下巴指指玛丽身后的房间："贝尔塔在照看它们。"

"马里诺呢？"玛丽继续问道。

"马里诺不是你联系的吗？"瓦莱里奥心急如焚，还没出门就把安全帽往头上套。但他说得对，一直是玛丽负责联系兽医，通常也由她来打电话。玛丽一边往狗舍走，一边责怪自己为什么没有事先想到。她心中的愤怒不断升级：今天实在太忙了。她的课一直上到两点，然后飞快地吃了点东西，又去拿了本书，买了食物，因为她的冰箱已经空空如也，连个鸡蛋都不剩。与此同时，她还打了几通电话，查了邮件，总之眼睛直勾勾地盯着手机屏幕很久，这也让她非常痛恨自己。她身边有很多人片刻都离不开手机，她鄙视这种行为，可现在连她自己也成了这种人。虽然她已经从救助站得知了这个消息，但她至少要在六点后才能赶过去，因为她必须先给那个上两年制课程的小男孩重复数学知识点——尽管这个小男孩的作业还是不合格，但至少已经从两分提高到了四分，也算是进步的迹象。然后她还要赶到两个街区外取车，昨天能在这里找到一个停车位，已经是万幸了。在她住的这一带，车子到处都停得满满的，反正晚上七点之后，她基本只能放弃。所以，今晚从救助站回来后，她又不得不把车停在旧营房附近，实际上那里离她的住处还有好几公里路。当她走进办公室，寻找贝尔塔时，脑子里全是这些乱七八糟的事情。

然而一曲由低沉的犬吠声组成的合唱就像一块巨大的海绵，吸走了她身上所有的负面情绪——担忧、焦虑、疲惫、愤怒，给她的肺部注入了热量，一扫白天的寒冷和坐在那辆无法使用空调的破车里时积聚在身体里的寒气。贝尔塔蹲在一个盒子旁边，六只小狗崽蜷缩在盒子里，它们被一块绒毯裹着。雪白的绒毯犹如救助站外铺在地上的白雪一样纯洁。

"它们实在太美了！"玛丽在贝尔塔身边蹲下来，低声感叹道。

"是的，漂亮极了，像一个个毛球。"

"幸好它们不是刚出生。"玛丽用兽医的专业眼光审视了一番，然后得出了这个结论，她的语气也平静了。如果小动物刚出生，就必须给它们喂奶，那就糟糕了。但这六只小狗已经睁开了眼睛，在盒子里转圈挪动。

贝尔塔确认说："它们应该出生十五天左右了，也许二十天？得问问马里诺。你打电话给他了吗？"

"对不起，我马上打。"玛丽发了个短信。马里诺从来不回电话，也不及时看短信，他称得上是一位经验丰富、并且有一定威望的兽医，所以根本不需要候在电话边上寻找病人。

发完短信后，玛丽就立刻回来继续欣赏这些小狗崽。"太可爱了！撇开颜色不说，它们长得像金毛猎犬。"

"有几只的眼睛是蓝色的，也许它们父母中有一方是爱斯基摩犬。"贝尔塔猜测道。

那就对了，它们的主人不喜欢杂交狗，所以把它们扔了。玛丽想着想着，怒火再次冲上了她的大脑。怎么会有人忍心把这么可爱的小动物丢在垃圾箱里？幸好有人听到了小狗的叫声，并好心把它们送到市立流浪狗救助站，托付给贝尔塔。

"我们来看看。"玛丽一边说，一边小心翼翼地把小狗一只只放在

自己的手上。有几只是白色的，其他的要么是深灰，要么是浅灰，但所有的小狗都长着长长的鬓毛，其中三只还长着小小的蓝眼睛，仿佛嵌进棉花团的一泓海水。玛丽亲吻它们，抚摸它们，拥抱它们。

"我爱你们。"她半闭着眼，闻着它们长卷毛的味道，低声说道。

4. 飞越树林

直升机在低空盘旋，几乎要触碰到树顶了。飞行员不断点头示意，然后扭头对救援队员们说："到了。"

佐罗竖起耳朵，它看到有人在拥挤的驾驶舱里动了起来。直升机发出的噪声、震动和忽明忽灭的信号指示灯，每次都让它感到紧张、恐慌、筋疲力尽。它蜷缩在布鲁诺身边，布鲁诺一只手抱着它，试图给它安全感。如果没有布鲁诺陪伴的话，它断然不会爬到那个隆隆作响的可怕机器上去遭罪。佐罗愿意接受这种折磨，完全是看在它这位神奇的朋友的面子上。这个无所畏惧的男人，能够肆意奔跑、爬树、滑雪，还会在天上飞。当看到绞车员靠近布鲁诺时，佐罗紧张地想："不会吧，又来！"

"我们等你电话。"医生觉得有义务提醒布鲁诺，而后者勉强忍住，才没有露出不悦的表情：他很清楚自己该怎么做。护士和布鲁诺交换了一个默契的眼神，似乎在对他说："耐心点，这位医生第一次参加救援，提醒你也是他的职责。"

布鲁诺一言不发，默默地把背带钩到绞盘的弹簧钩上。佐罗仍旧依偎在他身边，当直升机舱门打开时，佐罗担心冰冷刺骨的狂风会撕开直升机，把它吞下去。它把头藏进布鲁诺的口袋里，希望自己能变小，整个塞进去，这样就能逃离那个怪物的魔爪了。男人抱住佐罗，把它固定好，冷静地对它说："我们走，佐罗。"直升机隆隆作响，不停地抖动，机舱外狂风呼啸，佐罗紧紧抓住它的朋友，试图用爪子去够他身上紧绷的肌肉和背带，把它们作为落脚点。布鲁诺用胳膊环住它的后腿，然后往外跨了一大步，迈进了空中。他们俩紧紧抱在一起，似乎要开始跳舞，就是缺少点背景音乐。几分钟后，在直升机螺旋桨声音的伴随下，他们慢慢向地面降落。佐罗眨了眨眼，张大了鼻孔。

四周漆黑一片，空中隐约透着些许红色，但那并不是佐罗以为的日落。底下飘来了树林的味道——甜甜的树脂香。头顶上方，螺旋桨搅动着空气，散发着阵阵燃料的气味。云杉树、回巢的鸟、巢穴里的啮齿目小动物，佐罗在它和布鲁诺落地之前，就感知到了它们的存在。它知道，迈进空中到落地只需要一会儿，但它期待着快点着地。布鲁诺在这段空中华尔兹的最后把它抱得紧紧的，佐罗和它贴在一起了。终于，布鲁诺轻轻一跳，弹簧钩松开了，佐罗的脚碰到了雪地，它眼里的恐惧消失了，取而代之的是平安落地的喜悦。

"快去，佐罗！"

佐罗全身肾上腺激素迸发，如箭般冲向林间空地，几乎连爪子都没有落地。它的心跳得很快，耳朵下垂，嘴巴张开。云杉林仿佛正张开双臂迎接它投入自己的怀抱：快来，释放你的天性，让你的

野性回归吧！黑夜中的鸟儿们纷纷醒来，它们警惕地注意到一个具有威胁性的黑影在林中穿梭——一头前来捕食的"狼"突然毫无征兆地出现在树林里，它动作轻盈，没有嚎叫，却时常抬起鼻子嗅嗅自己的猎物们。

在"狼"的身后，出现了一个人影，他用电筒照亮了昏暗的林道。他脚上穿着滑雪靴，嘴里呼出的气瞬间凝成水雾，环绕在他头部

周围。树林里的动物们听到猎人喊道："快去找，佐罗！"整个树林屏住了呼吸。

"狼"转过身，闭上嘴，抬起鼻子，迎着风退回阴暗处。它穿梭在树丛里，从冰冷但混杂着各种气味的空气里寻找踪迹，一路往下走，然后突然停住了脚步，再次抬起头。气味把它带到了这里。

佐罗向左拐，又往上跑回到了山腰处。

布鲁诺见了，对它吹了下口哨。"下来，"他喊道，"回来。"

佐罗听话地跑了回来，它竖着耳朵在几棵树之间停留了片刻，仿佛在倾听这些树的供词。但最后，它又一路小跑，回到了山腰，布鲁诺再次喊它下来，还给它指了一个更往下的位置，但佐罗就是待在那里一动不动。

"好的，按照你说的来。"男人说道，然后他开始大声喊，"卢卡！卢卡！"

没有人回答。那个男孩不可能在这里，布鲁诺想，雪崩发生在十米开外的地方，但他们是在距离这儿两百米的位置找到男孩的滑雪板的。

他拿出无线电："爱犬人士救援组呼叫。"

"请说。"

"我的狗不好好工作，不听我的话。我不想再浪费时间。"

"等等，西蒙内会带着巴鲁过来。"

布鲁诺在用无线电通话的时候，顺便点了一根烟。佐罗在山腰上嗅来嗅去，寻找失踪者的气味，而布鲁诺则用仪器勘察雪崩的路线。

林子里更暗了，佐罗像一只巨型雀鹰一样，在白色的雪地上四处转圈，越绕越小，最后朝猎物猛扑过去。如果不是它脖子上带着发光项圈的话，没人能辨认出它的头，以及从它鼻子里喷出的热气是什么。它身上缭绕着袅袅上升的烟雾，倒是像极了从地狱里来的怪物。

佐罗是布鲁诺儿时英雄的名字：他穿着黑色的斗篷，脸上戴着一个面具，像一个黑色的侠客，突然从黑暗中现身，把坏人打倒，然后神奇地消失。他衣服的颜色、面具的样子和边境牧羊犬十分相似。当他奔跑时，肩上的黑色斗篷随风飘扬。佐罗为穷人而战，他挽救少女，保护弱小，每次都用剑刻下自己的名字首字母Z，以此震慑坏人。正如边境牧羊犬，它们虽然不能战斗，却会在树林里或者山区峡谷里帮助寻找迷路的落单者，救助那些因为雪崩而被埋的人。它们不是引人注目的英雄，也不会吹嘘自己，更不会留下姓名。它们只是默默做自己的分内事，它们懂得倾听，善于观察，遵从命令。就像现在的佐罗一动不动，静静等待它的人类朋友告诉它该做什么。佐罗很聪明，很谨慎，完全与它的西班牙语名字不相符。

佐罗在西班牙语中的意思是狐狸，这是布鲁诺几年前在墨西哥的时候知道的。那时候他热爱旅游，还不是志愿者，也没有养救援犬。他当时和妻子参加了一个旅游团——行程都是由他妻子安排的：在阿卡普尔科度假一周。这个城市挤满了美国人，海边还矗立着很多摩天大楼。那时布鲁诺总说自己不喜欢大山，尽管山里的风景能为他带来平和的心境，可阿卡普尔科却让他有生以来第一次为自己的这种想法感到遗憾。此外，布鲁诺很擅长滑雪，而且他从小就会。每年暑假，布鲁诺都会和家人一起去山里度假，后来他长大了，不愿意再做大人们的跟屁虫。他父亲是个不知疲倦的登山爱好者。他不喜欢大山，也正是因为这个原因：他不希望和他父亲做同样的事。他更喜欢大海带来的那份惬意，还有附带的慵懒和乐趣。大海不需要你付出什么，登山则不同。

那次出去度假，他本以为可以在墨西哥的棕榈树下、金色的沙滩上度过一个美好的假期，在游弋着各色鱼儿的海里嬉戏，或者划船出海看鲸鱼。他想象中的假期，应该发生在大西洋上的尤卡塔半岛上，可他们的旅行团却去了墨西哥的另一个大城市阿卡普尔科。也许一百多年前这里也是人间天堂，可快速的城市化使得整个海湾看上去更像地狱。如果想获得心灵上的平静，他们本应该开着路虎车去山里，到湖边或者温泉池看看自然风光。

"快看，那是佐罗！"司机指着树林茂密处，兴奋地喊道。

"什么佐罗？强盗吗？"布鲁诺心里激动起来——从树林深处，会不会走出一个手持长剑、带着面具的男人，那样就能为这个让人无法忍受的假期增添一些冒险色彩了。

"佐罗就是狐狸。"随团导游翻译道。

那次旅行中，布鲁诺没有见到墨西哥狐狸，他居然在那个所有人都奔向海边游玩的国家里寻找大山。回到意大利后，他决定要改变自己的生活。他仿佛经历了漫长的叛逆期，终于毅然决定步上那条一直召唤他的道路，那是他的根，他的信仰。观看山、岩石、树林、雪，倾听鹰的呼唤，寻找北山羊，闻灌木丛的香气。这种生活虽然远离人群，但并不孤独。再说，还有狗的陪伴。

布鲁诺以前是不养狗的。自从他养了第一只边境牧羊犬后，他就开始去参加培训，准备加入高山救援队。为这事，布鲁诺考虑了很久，打听了很多消息，也去参观了训练中心。在拥有盖亚前，布鲁诺一直带着别人的狗参加救援行动。盖亚是一只非常善于观察的母边境牧羊犬。其他狗和缉毒犬相似，是严格执行命令的战士，它们用鼻子

搜寻线索，昂首挺胸地跑来跑去。它们是伟大的劳动者，但它们不是盖亚，盖亚能读懂他的手势，理解他的心情，倾听他的心声，远远地就能辨认出他的脚步声、说话声和气味。

佐罗是盖亚的儿子，它也遗传了母亲的本领。打小起，那对藏在黑毛面具后的眼睛就极具穿透力。布鲁诺觉得，佐罗的嘴边总是挂着嘲讽的笑容，与他心目中那位高贵的英雄有几分相似。布鲁诺和佐罗都想像这位侠客一样帮扶弱小，救人于危难。

佐罗站在那里，等待命令。它张着嘴，呼出很多水汽，看起来仿佛在抽烟。远处传来猫头鹰的凄凉叫声。树林里的动物们看到"狼"和猎人犹豫不决地停了下来，于是又重新活跃起来了。云杉树顶传来了鸟儿们震动翅膀的声音，风也呼呼吹了起来。终于，无线电发出了嗞嗞声。

"我来了。"里面传来了西蒙内的声音。

布鲁诺把烟头丢在雪地上踩灭，然后捡起来装进口袋里。他讨厌把树林弄脏。

一束光在树丛中忽隐忽现。

"好，我看到你了。"布鲁诺用无线电对讲机说道。

几分钟后，西蒙内就带着他的拉布拉多犬赶到了。两只狗没有靠在一起，只是互相嗅了嗅。它们相识已久，根本不需要矫揉造作的寒暄。它们没有继续闻来闻去，也没有竖起尾巴摇，更别提乱叫了。它们只会因为特定的原因叫，那就是命令。

"赶紧告诉我出了什么事儿。"西蒙内没有做任何开场白，直截了当地问道。布鲁诺的语气有些焦躁，他解释道："我的狗不听话，一定要回到山腰上去，始终不肯去指定的地方。"

西蒙内摸摸下巴："听我说，要是我的话，就让它按照自己的直觉来。"

"随它去。"布鲁诺叹息道，然后补充说，"但我已经试着喊过那个男孩的名字，没人回应。"

"我们看看它具体是去哪里。"西蒙内建议道。

布鲁诺让了步，他命令道："快去找，佐罗！"

佐罗向前跳去，它把鼻子对着空气。气味虽然很微弱，但很清晰，仿佛从上面射出的一束镭射光。它转过身，再次向山腰跑去。布鲁诺迈开大步，飞快地跟上，根本顾不上脚上的皮肤摩擦滑雪靴时产生的疼痛。

西蒙内略微吃力地跟在他们后面。巴鲁对着空气嗅了嗅，大概它也接收到了讯号，但它还在等待命令。

佐罗停了下来，它把鼻子凑在雪地上。然后抬起头，狂吠起来。

这时，巴鲁也叫了起来。

布鲁诺跪在雪地上，他从背包里拿出了钻头。他低下头，用头灯把雪地照亮，准备把钻头插进雪里。西蒙内在边上喘着粗气，两条狗都不叫了，两个男人的膝盖慢慢陷进了雪里。

"卢卡，卢卡，你能听到吗？"布鲁诺喊道。

5. 雪坑里

　　已经是深夜，月亮隐没在乌云后面，天空中看不到一颗星辰，四周暗得伸手不见五指，夜色像一条漆黑的被子压在卢卡身上。他一个人孤零零地站在滑雪道上，用火把照亮了前行的滑道。

　　卢卡右手举着火把——犹如举着奥运圣火般庄严——他一路向下滑，甚至都不需要滑雪杖。可他不是应该身处奥运火炬的游行队伍中吗？他妈妈常指责他独来独往、任意妄为，但其实他并不像父母认为的那样，喜欢向全世界宣战。他只想和那条看不见的，却一直腐蚀他内心的蛀虫决一死战——他不喜欢和其他人待在一起，因为那些人无聊透顶，总是开些很白痴的玩笑。他们还因为卢卡的鬈发，给他起了个外号叫"沙拉"。那些人表现得好像个个都是运动健将，他们嘴上不说，底下却一直暗自较劲，比赛谁用时最短，谁速度最快，他们总是用最新潮的滑雪板，还会在滑雪板里装芯片，然后在平板电脑上观看自己的表演，录下来，传到网上……不，卢卡才受不了跟在那些人后面。

所以，就让他们两手各举一支火把，和滑雪教练一起往前滑吧，然后如同狼群一般在星空下嚎叫。卢卡是一头独狼，就像网络游戏里的 Lone Wolf——远离人群，独自穿梭在漆黑的树林里，静静地滑雪。那些落满雪的树木，看起来就像一群巨大的鬼怪。火把只能照亮四周一圈，以致他身边那些静止不动的景物变得更阴森、冰冷。四周听不到任何声音，连滑雪板摩擦雪地的声音也没有。他举高火把，想辨认一下周围的环境，恍惚间他觉得自己进入了另一个和网络游戏相似的空间——一片布满陷阱的陌生土地，敌人随时都会冲出来要他的命。他必须时刻保持警惕，一方面以防落入陷阱，另一方面又需要展开反击。游戏里，地图呈几何形，界限分明，但在这里景物若隐若现，仿佛笼罩在一片突然降临的浓雾里。卢卡觉得那些像哑巴一样巨大的树，正在不断向外呼出致命的寒气，这种寒冷深入他的骨髓。它们似乎变成了柏树，矗立在滑雪道两旁，一直向墓地延伸。

可我才十九岁啊，卢卡想。他觉得自己的鬈发已如猫受惊后拱起的背毛根根竖起。他没有戴帽子，显然他也不需要戴帽子，他的鬈发足以温暖他的脑袋。他试着安慰自己：这条路通往爷爷的墓地，我已经很久没去看他了。那现在我来这里干什么？不，这不是我的葬礼，这里没有旁人，哦，不，我才十九岁，该死。

火把迎着风颤颤巍巍地抖动着。滑雪板仿佛被固定在了轨道上，拼命带着他往下滑，根本停不下来，他的腿和手好像变成了四根木头杆子，无法活动。更糟的是，一不小心，火把从他手里掉落了，摔在雪地里发出咝咝声，最后的火苗被雪一点点啃噬了。

　　滑雪板终于停了下来，卢卡也随之停下来了。他惊恐地望着雪融化后形成的黑色小水坑，零星闪现的光亮好似星空的倒影。卢卡抬起头，天空很低，夜色很重，依旧看不到星星，无尽的夜空向他压过来，仿佛伸手便能触及。

　　卢卡回过神，继续盯着星光点点的水坑，他看到其中有一点光不断变大，最后和其他的星光连在一起，变成了一颗彗星。彗星并没有向地球快速坠落，而是以自由落体的速度重新上升到水坑表面。卢卡惊恐地抬起头：为什么天空中没有星辰，水坑里却有倒影？难道那束光是从地底下射上来的？他眼睛一眨不眨地盯着扩散中的光圈，它看起来更像是从某个孔里——而不是水里射出来的一道模糊的光线。光线穿过水面后，立刻碎成无数闪耀的星光。卢卡尖叫起来。一块碎片落在他的肩膀上，也许他马上要被陨石碎片给活埋了。

　　然后，他听到了犬吠声。

　　再后来，听到了人类的说话声。

　　卢卡突然重新燃起了希望，他的心脏疯狂地跳动起来。

　　这次声音是从他上面传来的："卢卡！卢卡！"

　　"救命，我在这里，救命！"他扯着嗓子喊道。

　　"冷静，小伙子，我们来救你了。钻头碰到你哪个部位了，卢卡？"

　　"肩膀。"他喊道。

　　"好的，我们从这里开始挖。"

　　人类的说话声听起来闷闷的，但伴随着的另一个声音却很清晰：

某个东西正在非常艰难地刨地。或许是只生活在地下的老鼠，正好在救援队赶到的时候准备袭击他。然后他又想到这种猛烈的剐擦声应该来自那位正在解救自己的男人。等听清楚了，卢卡辨认出那是铲子铲雪的声音。渐渐地，有一股轻盈、新鲜、好闻的空气透了进来，周围的空气不再像之前一样浓稠。空气中仿佛带着面包的香气，他忍不住流口水了。

随着空气一起透进来的，还有温热的呼吸。然后一只手抓住了他的肩膀、他的手臂，他终于自由了。

"你怎么样，小东西？"那个声音问道。

"很好。"他咳嗽了几声，然后说，"我叫卢卡。"

"卢卡，是的，我知道。你还好吗，卢卡？"

卢卡半眯起眼。他勉强能在黑暗里辨认出那个正在跟他讲话的男人的脸。卢卡想拥抱这个男人，亲吻他，但眼泪不自觉地顺着他的脸颊流了下来，他哽咽地说道："谢谢。"

"卢卡，听我说，告诉我你腿部有知觉吗？还有背部。"另一个声音问道。

"我能感觉到自己的腿，但上面好像缚着千斤重担，背部也有知觉。"

"好的，我们马上把你拉出来。你不要紧张，现在稍微喝点水。"第一个男人说道。卢卡喝了点水壶里的水，几口水流进他的身体里，人也精神了许多。他幻想着有两位仙女和这两个男人在一起，她们长发披肩，头发上装饰着闪闪发光的圆环。虽然她们一言不发，但从浓郁的麝香味判断，她们肯定就在边上。

卢卡听到其中一个男人说道："你能看到位置吗？好的，我们等摩托雪橇来，小伙子看起来状态不错。"

接着另一个声音响起："救援组已经在路上了，五分钟后到。"

卢卡意识到他们正在用无线电对讲机通话。他问道："你们是谁？"

"高山救援队。"那个一刻不停铲雪的男人回答道。就在这时，其中一位"仙女"站了起来，走到这个男人身边帮忙挖雪，速度非常快。

"什么……居然是条狗！"卢卡吓了一跳，惊叫道。

"是的，当然了，你以为是什么？"男人饶有兴趣地反问道。

"对，当然了，是条狗……"卢卡放松了下来。他怎么会没想到？头戴闪光圆环的仙女正是两条戴着发光项圈的狗。

"它知道该从哪里挖，它是来帮我的。"男人解释道，"很好，继续，佐罗。"

"佐罗？"卢卡瞪大了双眼，"它叫佐罗？"

"是的，"男人立刻补充道，"我知道你在想什么，就是电影里那个名字。"

"真不敢相信，我居然被佐罗给救了。"卢卡喃喃道。

"并不是所有人都有这份幸运，对吗？"男人的语气中透着一丝悲悯。

等摩托雪橇到达的时候，卢卡已经从雪坑里被解救出来了。满天繁星充满生机，他望着这幅画面，不禁感动得流下了眼泪。但并没

有人感觉不合时宜，相反，大家都围在他身边。护士紧紧抓住卢卡的手，温柔地说道："高兴点，卢卡，一切都结束了。"

卢卡点点头，结结巴巴地说了句谢谢或者不客气，谁知道呢？护士也还是个男孩，比卢卡大不了几岁。他和卢卡一样，用头箍把头发束了起来。他微笑着对卢卡说："你真棒！"

"什么呀，我实在太糗了。"卢卡嘟囔道。

"说什么呢？这种事可能发生在任何人身上，但你安然无恙地熬过去了，实在太伟大了。"

卢卡还想再说点什么，比如发誓以后再也不会远离人群，做该死的独狼。但他躺在担架上，很快被抬上了摩托雪橇。摩托雪橇上的保温垫往他的身体里注入了一股暖流，让他立刻舒服无比。

"那条狗，佐罗，在哪里？"他问护士。

"回家了，它的工作结束了。"

"工作？"卢卡苦涩地叹了口气。他从没想过自己会沦落到这个地步：成为某条狗要从事的工作。

6. 唉，你在线吗？

"大家好！流浪狗救助站新来了六只非常可爱的小狗！你们快来看它们有多漂亮！"

照片上排列着六个小毛球，颜色从深灰渐变到白色。每一个毛球都像带着白色面具，面具上长着黑鼻子、黑色或蓝色的眼睛，耳朵耷拉着贴在头上。

"太可爱了！漂亮极了！"

"非常可爱，是什么品种？"

玛丽有些恼怒：面对这些可怜、无助的小狗，居然有人更关心它们的品种。

"不确定，不过是杂交的。"她回复道。

显然，提问者不会再回复，也许他已经去看别的新闻或者八卦了，也可能已经在和别人聊天了。总之他已经失去兴趣。

"真可爱，玛丽！是你在照顾它们吗？"

留言的是多娜·福劳尔，一位经常捐款给救助站的匿名人士。今天她居然在线，还这么快地留言了，太不可思议了——幸运之光笼罩着这些小狗。

"暂时养在我们这里，但它们需要一个新家。有人想收养它们吗？"玛丽冒着被拒绝的风险写道。因为她很清楚，必须趁着小狗们出生后的第一个月找到人收养它们：它们现在可爱得让人无法拒绝，就算是铁石心肠的人也会心软，可一旦长到三个月大，就很难再找到人家了。

"我给你一个小小的帮助。"多娜·福劳尔写道。多娜·福劳尔是个很棒的人，特别温柔，愿上帝保佑她，玛丽兴奋地想道。

"非常感谢，替小东西们亲亲你！"她回复道。

与此同时，不断有人留下热情的评论和祝福，就好像小狗崽们是玛丽十月怀胎生下来的一样。然而到目前为止，还没有人提出要收养它们。留言的也都是些救助站的老朋友——股东、捐赠者、远程提供帮助的爱狗人士、大学同学，还有一个高中时的老同学，她觉得有义务要赞扬一下玛丽的勇气。什么勇气？玛丽摇摇头，她对这条不合时宜又有失偏颇的评论感到很恼怒。她能想象到，如果这位高中同学看到她的牛仔裤又破又脏、沾满泥巴，毛衣变了形，连什么颜色都分不出来，指甲又短又嵌着泥垢，还穿着橡胶靴的话，会是何等诧异！玛丽究竟是如何做到的？居然能忍受肮脏、寒冷的环境，狗的粪便、恶心的狗粮，狗毛淋湿后散发出来的恶心气味，偶尔带着腐臭味的动物呼吸，持续不断的哀嚎。而且她的牛仔裤上会经常留有狗狗的泥爪印，脸上还时不时被狗舔。

　　但事实上，玛丽同样也无法忍受那些对其他人来说无比正常的行为：每周六下午去市中心的咖啡店，小口地品尝颜色鲜艳却令人恶心的饮料；穿紧身牛仔裤、贴身夹克和高跟鞋——尽管她妈妈也建议她穿高跟鞋，因为这样会显得她更高，更有女人味；玛丽的女性朋友经常在身上喷香水，玛丽觉得她们就像是在满是化学品的游泳池里浸泡过——那些挥之不去的茉莉花香或者铃兰香，会在鼻腔里停留好几个小时，令人反胃；喝酒逛街，索然无味的谈话，谈论陌生男女、虚拟人物或者歌手、演员、体育明星……都会把她逼疯。所以，如果让玛丽去过这样的生活，她才需要鼓起很大的勇气。

　　反而是干冷的空气、污泥、狗屎、犬类真实的气味，不会让她头疼或者头晕，更会让她忘记两年前的那种悲伤。那时候，她觉得自己就像被囚禁在父母的那间公寓里，尽管所有人都十分欣赏她的父亲——著名建筑师里纳尔多和她的母亲——室内设计师格兰达的高雅品位。她的父亲是意大利人，母亲是美国人。她的母亲漂亮聪明，还有敏锐的审美眼光。他们简直是天生一对。他们俩也认为拥有彼此就足够了，至少到某一个阶段为止是这样的，就像妈妈常说的那样——点到为止。后来他们打算组成一个家庭，因为他们需要孩子来丰富自己的人生。他们本来计划至少生两个孩子，一来可以活跃公寓里的气氛，二来也不会浪费那三间奢华的洗手间。但在一番努力后，他们只生下了玛丽。玛丽长得又高又瘦，和她妈妈贴在小房间里那个可爱的小孩的画像截然不同。连玛丽的奶奶都会一直唠叨，说她胃口太小，还爱绷着脸。玛丽从小就不喜欢去博物馆、教堂和剧院，也不爱看展览，尽管她的父母觉得用看展览来打发时间是一种非常舒适的生活方式。她更喜欢爬山，去湖边远足，骑马。她曾经在驯马场有一匹属于自己的马，因为这项运动在某种程度上得到了家里的批准。

"只要不变成怪胎就好。"格兰达说道。其实格兰达自己也有不少怪癖，比如她对时尚、彩色塑料珠宝和香薰蜡烛的疯狂追求，毫无节制地消费，冲动地购买杂志。那些杂志最后都被堆在客厅里，有些甚至还没来得及拆封就被扔到了废纸堆里。

不过，骑马就意味着衣服和头发都会沾上马的臭味，连那辆送玛丽去驯马场的商务轿车里也会充斥着这种难闻的气味，哪怕用香料包和香水也盖不住。

骑马也意味着要照顾这种动物，但无论是玛丽的母亲还是父亲，都无法理解这件事。玛丽的父亲认为宇宙包括拥有创造能力的人和大自然两个部分。人类可以凭借自己的创造力，创造出一个人与自然和谐相处的人工世界。如果大自然中的某些生物无意中对人类的健康产生了威胁，或者阻碍了人类发展，那么它们要么被忽略，要么被消灭，最好的待遇也不过是被保护起来。

"兽医？"高考前，当玛丽向家人宣布自己想学兽医时，她的父母几乎异口同声地说出了这句话。

"为什么学兽医？你想清楚了吗？你不是说要学医吗？你之前不是在医学和法学之间摇摆不定吗？"

玛丽认为，生活在一个由美学家组成的家庭里，宣称自己想成为一名医生只是无奈之举，但她不能坦白。她承认，她的父母非常仔细，又关心她，也很和蔼。她在学习上一直表现得很出色，所以爸爸以她为傲。妈妈也会认真倾听她的想法，尽力去理解，接受女儿的不同观点，但她必须保护自己。因此这么多年来，她一直宣称自己的理想是成为一名医生，父母自然会理解成给人治病的医生：一个多么权威的职业。另外，她还故意放烟雾弹：念法学，做律师，当法官。里纳尔多激动极了：法官，我的女儿！他仿佛已经看到自己的女儿穿上了黑色的长袍，无比优雅、端庄。一个有权力的女人，哪怕长得不漂亮，也很吸引人，充满魅力。

但是兽医……为什么她要去照顾那些得关节炎的狗、生肠道寄生虫的猫、长病菌的鸡、得肿瘤的猪、腹泻的兔子呢？这些牲畜哀嚎、狂叫、打呼噜、挠你咬你，它们不知道是谁治好了自己，更加不懂感

恩，不会对救命恩人表达善意。玛丽为什么要做兽医？这没有任何回报。难道是我们给的生活条件太好了吗？他无奈地耸耸肩。

里纳尔多总是希望自己所做的能被人看到、被人认可、被人赞扬，包括妈妈也是同一类人。但是玛丽，她不需要。对于她来说，她得到了精神层面的回报，这种满足只有她自己心里清楚，很难解释给其他人听。

玛丽叹了口气：有这么多人称赞这些可爱的小狗，却没有一个人愿意收养。这需要时间，一般来说，想养狗的人也会去买纯种狗。愿意收养杂交狗的人一定心地善良、情操高尚，他们会亲自来流浪狗救助站。当他们看到笼子里关着那么多狗，而且每一只都用祈求的眼神看着他们时，通常不会只收养一只。

玛丽认为，网络宣传固然重要，但也不能光坐着，别的什么都不干。她站起身，离开写字台，在装小狗的篮子边上蹲下。小狗崽们一看到玛丽，就抬起头，兴奋地叫起来。玛丽听到爪子在地板上啪哒啪哒的敲击声，她知道是莫利走过来了。自从小狗崽们来了以后，这只年迈的母狗每天都会在办公室里待上很长时间，俨然成了狗崽们的妈妈，只要一听到它们叫唤，它就会冲过来舔它们，安慰它们，责怪自己的失职。

"我要带走两只。"玛丽转身对莫利说。

莫利盯着她，发出低沉的叫声。很久以来，玛丽都认为莫利能听懂意大利语，而且每个词都能懂。尽管兽医马里诺和训狗师费尔南多都说，狗无法听懂人类的语言，只能看懂手势，可玛丽还是坚信莫利不一样。

　　"对不起，莫利。它们不能永远待在这儿，你明白吗？"玛丽摸摸它，母狗半闭上眼，重重地叹了口气，就像一位不得不面对悲惨现实的母亲，为了让自己的孩子获得自由，只能狠心地把它们送出去，独留自己在避难所里。

　　玛丽挑了两只，一只深灰色，一只浅灰色，装进笼子里，放到汽车的前排座位上。

　　"你们别害怕，要乖乖的，马上就到了。"她用对婴儿说话的口气，对两只小狗保证道。

　　然后她坐进驾驶室，踩下了油门——假如她不踩油门，汽车立刻就会熄火。"我得找人修一下，但先得找到一个不会直接建议我把车丢进垃圾堆的人……"她一边换挡，一边想。和往常一样，她的车开得很慢，噪音却大得像飞机。

生活在小城市的便利在于去哪儿都很快。比如，从救助站到大学只有十公里，在不堵车的情况下，半小时就能到。但在首都，无论白天黑夜，路上永远在堵车，仿佛总是同样几辆车在排队，没有尽头，你想过那样的生活吗？

玛丽看了一下时间：十分钟后，卡尔蒂尼教授就会进教室，那么现在肯定能在那台咖啡机边上找到他。这是他每天的习惯：上课前，教授会独自喝一杯咖啡。比起食堂的咖啡厅，他更喜欢使用厕所边上那台孤零零的咖啡机。有人说他抠门，因为那里的咖啡只要食堂的一半价钱。但玛丽认为，教授是不想在咖啡厅遇到学生或者同事，他想避开那些刻意的寒暄。咖啡机在走廊的尽头，一般只有勤杂人员才会用。卡尔蒂尼教授每次都要从瑞士的研究所到位于郊区的现代化教学楼上课。这里虽然刚刚建成，但又丑又暗，而且交通不便，从市区过来只有一班公交车，好似一颗多余的卫星。厕所边的咖啡机就像研究所和教学楼之间的一个黑洞。在这里，教授感觉自己仿佛藏身星际空间。

玛丽清楚，打扰微生物学教授卡尔蒂尼需要很大的勇气：教授是个性情急躁的人，出了名的愤世嫉俗。有一次他在课后说，正是因为自己愤世嫉俗，所以才会爱上微生物学。特别是还有一次快下课的时候，某位学生的手机铃声很不合时宜地响了起来，这是明令禁止的。

教授大发雷霆："和托托一样，我也想说，和人类待在一起的时间越长，我就越发觉得动物可爱。"也正因为这句话，玛丽才敢拿着盖上布的笼子靠近他。

玛丽做了简单的调查：卡尔蒂尼家里没有养狗，但他是一位非常合适的狗主人。人到中年，事业稳定，儿子也长大了，在国外读书（玛丽注意到，这是大部分已经成家的中年教授的一个特征），有一栋很大的房子，喜欢长距离散步（很多教授到了一定年纪，都有这个爱好，年轻的教授则喜欢跑马拉松或者玩帆船）。

"行不行都得硬着头皮上。"玛丽对自己说道。然后她深深地吸了一口气，走到卡尔蒂尼教授面前。教授正在小口抿着咖啡，他的脸上挂着严肃又空洞的表情，仿佛正忍受着巨大的痛苦，强行喝下这苦涩的魔法药水，以便在精神上武装好自己，迎接与学生的不幸会面。

"早上好，教授。很抱歉打扰您。"她礼貌地说道，但教授没有回答。他一动不动地站在原地，眼睛盯着不远处的某个点。所有人都知道卡尔蒂尼教授极度厌恶被打扰。

玛丽把笼子放在咖啡机旁的小桌子上，从笼子里传来了轻轻的犬吠。她拿掉了盖在笼子上的布，打开笼门，从里面拿出两只幼犬，低声说道："到了，你们乖一点，加油，加油……"

这时候，教授突然醒了过来。他挑起两条浓密的眉毛，愤怒地训斥道："你想干什么，小姐？把两只小狗带来这儿？你想把它们带到课堂上吗？"

"请原谅，教授。这两只小狗被人遗弃了，我不知道该把它们放在哪里，它们这么可爱……您看，教授……"

"别开玩笑了，这里又不是马戏团！"他咆哮道，但眼睛始终盯着玛丽怀里的两只小狗。说时迟那时快，玛丽把其中一只递给了他："求您了，帮我抱一下，它要掉下去了！"

成功了！教授抱住了那条令人无法拒绝的小母狗。救助站的人都说，这是那一窝小狗里长得最漂亮的：它的毛是灰珍珠色的，眼睛是蓝色的，头顶上还长着一撮白毛。有一个志愿者给它起名叫玛丽莲·梦露。这时，玛丽莲·梦露用天蓝色的大眼睛盯着面色阴沉的教授，叫了几声，就像电影里那样。更准确地说，它正在低声哼叫梦露的名言之一："有时候我求知若渴！"

教授的语调柔和下来了。"好可爱的毛球，这么小……"然后他黑着脸转向玛丽，"不可以带着动物到处跑，特别是来上课，你知道吗？"

玛丽用懊悔的语气说："您说得对，教授，我很抱歉。"

"这只可怜的小狗需要一个有头脑的人来好好照顾它。"

玛丽点点头，表示非常赞成。她把玛丽莲·梦露的弟弟放回笼子里，随即向教授伸出手，想把小母狗抱回来："当然，我马上把它送去流浪狗救助站。"

卡尔蒂尼由着玛丽抱回了小母狗，但小母狗立刻尖叫起来。干得

漂亮，梦露，玛丽兴高采烈地想道。

"流浪狗救助站？"教授惊恐地问道。

"没有别的地方了。"玛丽忧伤地回答道，她故意把每一个动作都放得很慢。在梦露重新回到笼子里前，教授伸出了双手，把小毛球抱了回去。小母狗马上停止了尖叫，蜷缩在教授怀里。

"算了，我来照顾这只小公狗吧。"他摇着头，嘟嘟囔囔地说道。玛丽关好笼子的门，向他解释道："这是条小母狗。"

"小母狗？"卡尔蒂尼很激动，他低头注视着小狗，发现它正满眼崇拜地望着自己。他们之间已经迸发出了火花。玛丽走出教学楼，往食堂方向走去，准备寻找下一个目标。

7. 小东西

"那么，你还好吗？"

"我总说，你是只大鼹鼠，一到地下你就如鱼得水了。"

卢卡笑了，但这种笑并不是发自内心的。"地下"这个词在他听来完全不好笑，反而会让他情不自禁地发抖。他嘟嘟囔囔地应付了几句，大概是"好的，好的"，然后突然剧烈咳嗽起来，咳得一句话都说不出来。反正他的朋友们似乎更愿意表达，而不是倾听，或者更准确地说，是感叹。用各种宽慰、鼓励的话，把卢卡包围起来，忽略那些太严肃或者悲伤的话题。"真烦，他已经在那里吃尽了苦头，你还想再次揭开他的伤疤吗？"大家是这么说的。拜托，你用男人的方式熬过来了，但事情确实是真的吗？你确定不是跟我们开了个大玩笑吗？然后他们会在你的肩膀上拍一下，继而大笑起来。所有人都很紧张，很兴奋。卢卡遭遇了雪崩，他被活埋在雪下，最后被高山救援队的爱狗人士救援组解救了出来。一开始，这个故事让所有人都觉得很惊骇，然后惊骇转变成激动。他们一刻不停地盯着卢卡的 Facebook，等待他上线。他已经成了一个小传奇：活埋在雪堆下，但被成功解救，简直是一位伟人！

他们从令人激动的细节开始"拷问"：

"他们用直升机送你下山的？"兹科瞪大眼睛问道，"简直太赞了！"

但贾科反对说："我听说是压雪车救了你，对吗？"

"你母亲说，是一群狗救了你。"阿明的这句话比其他人的更有说服力。他一边说，一边又拍了下卢卡的肩膀，以示亲近。

"是的，但只有一条狗。"卢卡简洁地确认道。

贾科的脸马上亮了起来，他忍不住说道："我打赌肯定是一只德国牧羊犬，专门搜捕毒贩那种。"

其他人大笑起来："太搞笑了！"就好像贾科说出了全世界最蠢的话。为了取悦朋友们，卢卡也附和着笑笑，但他心里并不这么认为。然后他马上纠正道："不，是一只小型犬，中等体型，黑白相间。我只看了它一眼，因为摩托雪橇的车灯刚好照到了它。"

"什么，摩托雪橇？不是直升机吗？"兹科坚持问道。为了能坐上直升机溜一圈，他差点儿想故意在树林里走失。

　　阿明抬起头，望着天空，叹息道："你的消息滞后了。他是坐着摩托雪橇，被送到医院的，你可以想象一下，他当时的情况有多糟。"

　　沉默。有那么一会儿，大家都闭上了嘴，然后贾科用反常的声音问道："哦，但是……你被冷藏了吗？"

　　其他人狠狠地瞪了他一眼，阿明还用力地拍了他一下，继而从牙缝里挤出几个字："你——说——什——么——呢？"

　　卢卡摇摇头。好恶劣的说法：像一块肉一样被冷藏。医院那些人告诉他的情况可比这好多了，他们说卢卡体温过低，所以才睡着了。女医生向他解释说，虽然雪是有孔的，能让空气透进来，但当时雪坑里的氧气正在渐渐消耗。还好除了雪之外，卢卡身上还盖了一层土，所以他真该好好感谢把他埋掉的那堆土，让他还能呼吸。

　　"真不可思议，你居然能毫发无损，连一点擦伤都没有。"阿明说道。他们似乎正在揭开卢卡这个传奇故事的面纱：如何才能从一场雪崩中，安然无恙地生还。

　　贾科还赞扬了他："卢卡坚强如石，实在太伟大了！"然后大家又在他的肩膀上拍了拍。

　　"唉，"卢卡说道，"如果你们继续这么用力拍我，我要被你们打骨折了。"

　　大家哄笑起来，兹科模仿拳击运动员的动作，往朋友的肩膀上轻轻打了一拳。

　　"我有一次在篮筐下轻轻一摔，就骨折了。"阿明说道，"你身上压了一吨雪，却连小拇指都没受伤，况且你还是个矮子。"

　　大家又哄堂大笑起来。卢卡反驳道："也许就是因为我矮，才比较轻。"

　　"你滚下山了吗？你是不是躲到一棵树后面去了？"其他人问道。在他们的想象中，坚强如石的卢卡遇到雪崩时，会像一个特技演员那样，在雪里翻滚、滑行，也许就是这样才创造了那个让他生存下来的雪坑。

　　当然，假如卢卡用歌颂史诗的口吻来讲述这个故事的话，肯定能更扣人心弦：我听到了一声巨响，于是赶紧用滑雪板做掩护，并朝一棵大树跳去。我用胳膊挡住了脸，然后发射了一个信号弹。

　　事实上，卢卡已经无法准确地还原之前发生的一切。有时候他也想尝试，竭力激活脑中的片段，像电视里播放篮球赛时那样进行慢动作回放。他在树木间快速旋转，然后不小心撞到了某棵树的树干，雪铺天盖地砸下来，他觉得仿佛整片树林都倒了。对那个场景的恐惧很快让卢卡自动关闭了脑中的慢镜头，他也不记得自己到底是怎么爬到半山腰的，救援队又在山谷找到了他的滑雪板，也就是发生雪崩的地方。而他的父亲和最早一批救援队员就是在那里挖了好几个小时，想救他出来。

没人可以解释。所有人都告诉他，只是碰巧而已。

然后是那条狗。它是如何找到自己的？毕竟没人想象得到，也没人理解自己为什么会出现在山腰？对了，是嗅觉。他在网上查过，那种搜寻像他一样的失踪人士的犬类拥有特别灵敏的嗅觉，它们能感知到人类无法寻获的踪迹。就像护士对他说的那样，这就是它们的工作。

卢卡想再见见佐罗。如果佐罗是人类的话，卢卡一定想感谢他的救命之恩，但为什么一条狗就不应该得到感谢呢？

"算了，卢卡。"当卢卡向他爸爸表示自己想去找那条狗的时候，他爸爸是这么回答的，"那条狗肯定不记得你了，你对于它来说，和其他失踪者没有任何区别。因为对它来说，那就是一个游戏。"

"别这么说，"卢卡生气地回答，"是谁告诉你是这样的？"

"我去打听过了，这是我问来的。我已经和高山救援队的负责人谈过了。你觉得我不需要感谢这些人吗？我都想给他们发面锦旗了！"

太过分了，卢卡想。父亲想给救援队的人送锦旗，却不愿让儿子见一下那条把他从雪坑里拖出来的狗。

"但我想见见佐罗，我要送它一个小球。我难道不可以送个小球给救我命的狗吗？"他有些歇斯底里地反驳道。

"别固执了，卢卡。"爸爸叹息道。

他不知道卢卡其实已经给那条狗买了一个黄色的小球。因为卢卡有一个可笑的幻想，也许是他在摩托雪橇上或者医院里做过的一个梦：他把一个黄色小球抛给那条黑白相间的狗，那条狗便快乐地追逐而去。

让我们来看看这只消失无踪的狗——佐罗，到底在哪儿。他一边想，一边在搜索引擎里输入关键词，高山救援队和小狗的名字。搜索结果立刻跳了出来。高山救援队的网站和网页做得非常过时，但上面有电话号码、邮箱地址、家庭住址、火车时刻表、公交车时刻表。卢卡一个接一个地打开这些查询页面：

要怎么去那里？

一小时的大巴。

这倒是和他去滑雪场的路程差不多。然后卢卡拨通了网站上的那个号码，电话里传来一个响亮的声音：

"喂？"

"我是卢卡……不知道您是否还有印象，两周前爱狗人士救援组把我救了出来……"

"你好，卢卡，我当然记得，是我把你拉出来的。"那个声音愉快地说着，音量又提高了一些。

"您……是佐罗的主人吗？"卢卡惊讶地问道。什么？居然一击

即中，简直太不可思议了。

"我不喜欢主人这种说法。"电话那头说道。他一直讲得很大声，但从他的语调可以判断出，他的确非常高兴。"用我们的专业术语来说，应该叫指导员。对不起，我过会儿再打给你。我现在正在进行援救活动。"

"当然，抱歉打扰您了。"卢卡觉得受了打击，嘟嘟囔囔地说道。按了结束键之后，他又死死地盯了一会儿手机屏幕。他似乎能通过一

个魔法水晶球看到，刚才跟他对话的那个男人从直升机上跳下来，在雪地上飞快地往前跑，最后终于把某个像卢卡一样愚蠢的人从雪坑里拉了出来。

男人没有回他电话。当天晚些时候没有，第二天还是没有，但卢卡还想坚持。他一定是不想继续跟我说话，才找借口说再打给我。不过反正上次已经快成功了，卢卡一边暗自窃笑，一边再次拨打了那个号码。

"怎么了，卢卡？"电话那头的声音很正常，但听起来有些沙哑。

"啊，您还记得啊？"他故作镇定，含糊地嘟囔了一句。他本以为还要再做一遍自我介绍。

"我当然记得啦。你怎么样？一切都好吗？"

"是的，一切都好……"卢卡到底怎么了？他怎么立刻没了主意，他必须做出反应，提出问题，证明自己的存在。

"那么，小东西，有什么事儿吗？"那个声音说道。一道光线穿过了卢卡的大脑。小东西？那个把他从雪坑里拉出来的男人就是这么称呼自己的。

"听我说，真不敢相信，就是您，就是您把我从雪坑里拉出来的，佐罗的主……佐罗的指导员……"卢卡语无伦次地说道。电话那头似乎有些不耐烦了："当然了，是你打电话给我的。不然你以为我是谁？"

"哦，对，但我是在网站里查到这个电话的，我还以为是别人的……"

"是的，当然了，但这个号码仅供那些需要活动、训练信息的人使用……"他的语气中带着愤怒。如果卢卡的爸爸得知，一旦他把自己的信息传上网，所有人都能找得到自己的话，也会表现出同样的不高兴。

"但是我打电话来，确实是为了打听消息。我想知道怎么去看佐罗，所以一找到这个号码，立刻就打了。"

"我们一共六个人执行任务，我是协调人。但只有两个联络号码，一个是我的，还有一个是我们的新闻广告员，他从来不接电话。所以找到我一点都不难。"男人回答道，语气中带着点嘲讽，"当然如果所有人都能找到这个号码的话，那我们确实需要做些调整了，设置一个过滤功能……"他继续说道。全世界都能打扰自己这件事，让他很烦躁。但卢卡开玩笑道："我猜您一定能接到很多像我这种骚扰电话。"

男人犹豫了一下，承认道："怎么会？你是唯一一个。"然后他又谨慎地补充道，"至少到目前为止。"

卢卡没有继续接这个话题，而是直截了当地问道："佐罗怎么样？"

"挺好的，很健康。要替你向它问好吗？"卢卡能听得出来，布鲁诺没有把自己当回事儿，他只想快点结束这个对话。

"我想亲自向它问好，亲眼看看它。"

电话那头突然沉默了。卢卡立马补充道："我欠你的狗一个小礼物，先生。"

"什么先生？叫我布鲁诺，我们又不是在部队。"男人反驳道。卢卡这次没能听出来他到底是认真的还是开玩笑的，但布鲁诺的语气明显更激动了。

"好的，布鲁诺。是的，我想请您帮个大忙，但也许这并不合常规。"

"确实，你小子很擅长用电脑，还找到了我的联系方式。你想见我和佐罗，但一般来说，我们不见被救助的失踪者，因为这不符合规定。"

很擅长用电脑？卢卡暗自笑笑。就因为能在短时间内找到正确的信息，就认为你是一个电脑天才。布鲁诺，你以后就明白，这需要多大的动力！

"我明白。在医院里，也会发生类似的情况，对吗？外科医生救了你的命，但他不会等着你去感谢他，可这并不能阻碍你去握住他的手。我说得对吗？"

从电话那头传来了叹息声，那个男人犹豫了："对不起，小东西，我得想想。"

"我叫卢卡，不叫小东西。"卢卡用坚定的语气快速纠正道。

"啊，对。你已经跟我说过了。"电话那头承认道。他迅速挂断了电话，连再见都没说。

8. 太妃糖的胜利

汽车很合适——后排装着宠物隔离网的家用轿车。女人也很完美——年轻的母亲，身上穿着牛仔裤和毛衣，头上松松地扎了个马尾辫，肩膀上挂着一个大包，里面装满了生活必需品，脚上穿着一双旅游鞋。

玛丽非常吃惊，她完全没想到，一个拥有鲁道维卡·德·古贝尔娜蒂丝这样奢华名字的女人，居然会打扮成这样，还会来流浪狗救助站，更神奇的是居然对小狗十分感兴趣。"你看，玛丽，"她说，"从名字来判断一个人，有多不靠谱。你本以为来的是一个穿皮衣的贵妇人，可却等来了一个如此普通的女子，但也许她会收养两只小狗。"

玛丽露出了三十二颗牙齿，向她展示了一个灿烂的笑容，然后带着她往办公室走去。莫利一听到汽车声，就惆怅地迎了出去。作为代理妈妈，它早已站在办公室门口等待，并且多疑地嗅来嗅去。

女人语速非常快，几乎没有停顿。她继续之前电话里未讲完的话题往下说：她要收养一只小公狗，因为她挚爱的德国牧羊犬不幸去世了。"总之，失去比利简直是个噩梦，所以为了孩子们，我想立刻再养一条狗，您明白吗？他们知道比利不在了之后，伤心得都快疯了。"

玛丽点点头，她不需要插嘴，连嗯、啊都没必要说。鲁道维卡·德·古贝尔娜蒂丝就像一列快速向前奔驰的火车，自顾自地往下讲。"你知道吗，比利已经四岁了，它是和孩子们一起长大的。我可以不用尊称，对吗？你还是个小姑娘呢！打电话的时候，我还以为你的年纪会再长一些，因为你的声音听起来很成熟……总之，我刚才说到哪儿了，失去比利对我们来说，痛苦至极。它是被毒死的，我本以为这种事只会发生在过去，但据说现在还有人在投毒，毒老鼠或者夜间出来游荡的动物、流浪狗……"

为了让这条奔腾不息的河流暂停一会儿，玛丽耍了个小心机，适时提了一个专业的问题："有人教过您以后该如何避免吗？"

"避免？"女人转过头，惊讶地看着她，以至于差点在入口处的台阶那儿摔倒。

"小心，这些台阶很滑。"玛丽提醒道。

女人低下头，小心翼翼地走上台阶，然后回过头，瞪大眼睛盯着她："你刚才是说让我避免？那是什么意思？"

"是的，您以后出门，最好随身携带双氧水。如果您的狗不幸吃到了被投了毒的东西，您就把双氧水喷进狗嘴里。双氧水会立刻起泡沫，与此同时您立刻把它送到动物急救处。"

鲁道维卡眼里泛起了泪光："如果我早知道的话……"

眼看女人要放声大哭，为了防止她边哭边重新像机关枪一样讲个不停，玛丽把她领到小狗们待的屋子里。"快，您过来看看它们多可爱。"玛丽说。

女人的动作虽然小心翼翼，但她一下子就从大包里摸出了一小包纸巾。玛丽羡慕地看着她，因为对于玛丽而言，每次想从袋子里翻什么东西出来，都要费上九牛二虎之力。就在这个时候，女人又开始了："对不起，但是你可以不对我用尊称吗？否则我会觉得自己很老。这会让你为难吗？"

"当然不，我反而觉得很开心。"实际上，玛丽更喜欢对所有人用尊称，因为这样能够避免假惺惺的亲近。刚才的悲伤已经烟消云散，女人满意地笑了起来，她补充说："请像其他人一样，叫我鲁迪。"

"好的。"

代理妈妈莫利已经飞快地冲到了篮子边，小狗们狂吠起来。最近几天，它们已经不再轻声哼叫了，它们的叫声已经变得清脆响亮。

"真漂亮，太可爱了，它们在跟我们打招呼呢。"鲁迪称赞道，"来流浪狗救助站这个选择太对了，这是我自己的决定，你知道吗？我丈夫不是很同意养杂种狗，但我觉得杂种狗比纯种狗更热情，你认为呢？"

玛丽没有回答，她走神了。她正在思考一个纯科学的问题，这个女人到底是怎么呼吸的？也许她长了隐形的鳃，能保证她在说话的时候不需要呼吸。这时候有两只小狗从篮子里跳了出来，爪子肥嘟嘟的，摇头晃脑地朝她们走去。

"太可爱了！这两个小毛球正在庆祝呢，它们在向我们问好！"鲁迪很激动，她整个人像灯泡一样亮了起来。"它们好可爱，软绵绵的，长得很像黄金猎犬，拥有黄金猎犬的典型特征！你之前说，它们是黄金猎犬和爱斯基摩犬的混种，对吗？"

玛丽点点头，反正也没必要开口回答。鲁迪并不是那种懂得倾听的人，她只是把对方当作用来自我肯定的工具而已。所以，玛丽也只能自顾自观察小狗们的反应：第三只正想从篮子里跳出来，第四只抬

着头，但还待在篮子里。"小狗狗，别害羞。"玛丽温柔地低声说道。同一时刻，鲁迪正继续演着她的独角戏。她不停地夸奖小狗们，把它们一只接一只地抱在怀里。而莫利则站在鲁迪身边，用它那特有的"折磨人"的眼神盯着她的一举一动，只是它完全被鲁迪忽视了。

"是的，莫利，这位将成为其中一只小狗的新妈妈。"玛丽摸摸莫利的头，对它说道。鲁迪一脸惊讶，她喜欢用瞪眼、扇动睫毛、张嘴来表达自己的情绪。她不由得加强语气说道："这是小狗们的妈妈？怎么可能？"

"不是真正意义上的妈妈，就是它在救助站里照顾这些小狗，它是我们的吉祥物……"

"它叫莫利！"鲁迪突然打断说，但感觉像是松了一口气。"这个名字真好听，它很聪明，狗具有很强的母性……"然后她又开始了关于做母亲的长篇大论。从动物世界到人类世界，谈论了奉献、牺牲和做母亲的热情。最后，她像律师一样总结陈词道："我想要一只母狗，我想母狗更适合和孩子们待在一起。"

"您以前那只不是公狗吗？"玛丽冷淡地问道。总之，关于母性和做母亲的那段冗长的空话，她只听进去一点点。玛丽觉得完全没必要浪费时间去和一个陌生人，而且还是不愿意倾听的人谈论这个话题，更别提反驳这样一个站不住脚又过时的结论。当鲁迪在长篇大论时，玛丽眼前闪过了帝企鹅和海马的形象，这两种动物有很强的父性，拥有这种性格的人也很难和像鲁道维卡一样的家庭女王和谐相处。事实上，鲁迪很快又开始吹嘘自己的"统治"，而那条逝去的狗就曾在她的"统治"之下。

"对，但比利是我嫂子的姐姐送给我们的，她有一窝漂亮的牧羊犬。我儿子西蒙内出生的时候，它就在我家了，现在我儿子都一岁了。"她从这里又开始延伸出去，谈论了她八岁、六岁和一岁半的孩子。

玛丽继续点点头，但她的思绪早已经飞出去了。卡尔蒂尼教授把

梦露带走了，薯条被学院的女保安收养了。女保安看到薯条在玩橡胶球，觉得它实在太可爱了，一下子没忍住，就把它抱走了。今天很可能会有人收养第二只小母狗，也许是小饼干。它很懂社交，正对着潜在收养者各种溜须拍马。这样就只剩下米拉、太妃糖和小狗狗了：两只公的，一只母的。

玛丽不能一直待在救助站里，跟在小狗们屁股后面。尽管她把书

带来了，想抽空学习，但她总是不断被打扰。因为当她在救助站的时候，基本上不可能坐在扶手椅上看书，也找不到任何一个可以远离其他人、安静学习的地方。如果别人出去打扫卫生、遛狗或者修东西，她还得接电话——这儿有干不完的活儿。当她在上课或者待在家里的时候（尽管那段时间非常短暂）足够让她意识到，如果继续只把这个单身公寓当作睡觉的地方，它就真的会脏成猪圈了。可当玛丽不和小狗们待在一起的时候，就会有一种深深的负罪感：可怜的小东西，它们该怎么办？贝尔塔能照顾好它们吗？瓦莱里奥可别让它们逃走，他这个人总是心不在焉，也许走的时候连门都不关……她不能再这样放不下这些小狗了，况且小狗们也确实需要一个爱它们的朋友。玛丽看到它们舔鲁迪的手，它们喜欢鲁迪身上散发出来的香味，那是家、母亲、孩子、游戏的味道。它们也喜欢她一刻不停的说话方式和她所说的话。拥有这样一个不停跟它说话的主人，还有三个孩子陪伴，小饼干一定会很幸福。

"那我要它吧。"鲁迪把小饼干抱在怀里，宣布道，但她又有些不安地盯着太妃糖，因为太妃糖正可怜巴巴地望着她，在她脚边嚎叫。

"好的。"

鲁迪想走远一点，但太妃糖更加坚定地狂吠起来。她停下了脚步，向玛丽露出了她惯有的那种惊讶表情，担忧地问道："好讨厌，小可怜，它也想一起走。我该怎么办？"

"您把它也带走，对不起，您把太妃糖也带走吧。"玛丽冒着被拒绝的风险说道，但是女人闭着眼，头摇得像拨浪鼓。

"两只狗，不，谈都不用谈。完全不可能，它们会长成大狗，我家不够大。"她转过身，面对太妃糖，用清脆的声音温柔地说道，"宝贝，我不能带你走，亲爱的，你明白吗？"

小饼干把腿挂在鲁迪的胳膊上。它虽然一言不发，但后腿不停地挣扎，就像在空中游泳似的。而它的兄弟则不停地嚎叫。

"别担心，它待会儿就不叫了。它只是想让它妹妹下来陪它玩。"玛丽为了让鲁迪安心，解释道。

"是的，的确是。"鲁迪点点头，她眨眨眼，皱起了眉头。看得出来，她很纠结，她根本不关心玛丽在说什么，而在倾听自己的心声，谁知道这个声音在跟她窃窃私语些什么。这时，玛丽把太妃糖抱起来，放进篮子里："你乖一点，我马上回来。"莫利立刻过来舔舔它，让它平静下来，但它并不买账。正当玛丽打算把办公室的门关起来的时候，太妃糖突然跳到门口大叫。鲁迪实在看不下去了，她又露出了那副惊愕的表情，她朝小饼干看了最后一眼，而小饼干也回看了她，并对着她挑衅地叫起来。最后她把小饼干递给了玛丽。

"我改变主意了。"她宣布道，"我要把小饼干带走，但它不愿意，太妃糖却想跟我走，你看到了吗？"她松开了紧锁的眉头，突然放声大笑，然后说道："这真是命中注定，我们家全是男的。"

当然了，玛丽想道，女王一个就够了。

鲁迪很快走回来，把太妃糖从地上抱了起来，假装责备道："来吧，小无赖，你赢了，别叫了。答应我好吗？"

但太妃糖根本控制不住，它继续狂吠、尖叫，甚至因为激动，把尿撒在了鲁迪的毛衣上。鲁迪笑着说："它太热情了，因为能跟我走，开心成这样，你不觉得它已经喜欢上我了吗？我的儿子们肯定得乐疯了。"

小饼干幸福地蜷缩在玛丽的怀里，无论鲁迪喋喋不休什么，玛丽都点头表示赞同。太妃糖觉得能跟鲁迪走实在好极了：大家可以通过聊天，慢慢相互了解。但小饼干似乎也感到十分满意，因为它终于从这个人手里逃出来了，虽然她周身散发着一种好闻的味道，但她很容易激动，和她相处也会很累。多亏了太妃糖，鲁迪终于匆匆忙忙地离开了办公室，她答应玛丽会跟她保持联系，告诉玛丽小狗的近况，把

照片发给玛丽，也许是他们全家人的照片。她猜，这应该会让玛丽很高兴。玛丽点头赞同，她感觉自己的头在不由自主地上下摇晃，根本不受她控制。

当房间里恢复安静的时候，响起了一声如释重负的叹息，紧跟着莫利也发出了类似的叹息——它一直躺在小狗们的篮子边上。玛丽把小狗们放在一起，抚摸它们，对它们保证："好的，孩子们，我们还得继续加油。还剩下你们仨，我会竭尽全力为你们找到一个家的。"

9. 给佐罗的惊喜

"唉，佐罗，你还记得我吗？"

佐罗抬起头，它的鼻子微微颤动了一下。它早就看到了卢卡，而且远远就认出他就是那个男孩，那个被埋在雪堆下的男孩，佐罗认得他的鼻子。它摇摇尾巴，竖起了耳朵，嘴巴张得老大。它转过头看看布鲁诺，因为在未得到他的允许之前，佐罗是不会往前走的。它看到布鲁诺轻轻点了点头，表示同意。

然后它欢快地叫了一声，像是发出了爽朗的笑声。佐罗很激动，尾巴摇得更厉害了。它把前爪放在卢卡张开的手心里，仿佛在说："看呢，是谁来了？真是个惊喜！"卢卡身体向前一倾，紧紧抱住了佐罗。他差点哭出声来，但及时克制住了，他把鼻子埋进佐罗软软的毛发里，让佐罗的毛发把这种激动的心情吸收掉，转化为欢乐、安慰和愉悦。

"你好，佐罗，你好，我的朋友。"

佐罗用嘴蹭蹭卢卡的脖子。男孩身上的味道很好闻，他的心跳得很快。他说"朋友"，佐罗对这个词很熟悉。朋友是家庭、房子、布鲁诺、佳达，朋友是幸福、温暖、游戏、食物、自由。男孩身上的味道和佳达身上的味道相似，很直接，还带着奶香，但没有鲜花浓郁的甜味，更涩一点，他周身散发着年轻、直率的气息。佐罗认识的很多男人身上都带着烟草味、葡萄酒味、碳氢燃料味和靴子上的油脂味，但卢卡身上完全没有这些气味。在他的上衣里，佐罗依稀能分辨出紧闭的房间里的霉味、厚厚的灰尘的味道、其他人呼吸的气味，还有年轻人的汗味以及体操鞋、口香糖、人造板材、塑料、奶酪、面包、纸、铅笔、钢笔的气味——那些是学校的味道。他上衣里面的深色毛衣上还带着家的独特香味：美食、温暖、肥皂、蒸汽熨斗，梅拉尼娅会用那个叫作蒸汽熨斗的东西熨衣服。

除此之外，佐罗还辨认出了另外一种味道，那是来自内心的气味，每个人都不一样，佐罗把它们描绘成深浅不一的颜色。这些颜色或明或暗，但有时候浅色、明亮的气味也会变成深色，比如当布鲁诺提高嗓门时，或者当他气冲冲地回家时，他的气味是棕绿色的，就是刚从树上砍下来的树枝的颜色。但男孩身上的气味让人联想到，清晨在柔软、刚冒出新芽的草地上奔跑的画面：那是自由和阳光的香味。所以佐罗大胆地做了一件它很久没做的事，或许是从小到大从来没做过的事：它舔了舔卢卡的脸颊，舔掉了他眼角滑落的泪水。

这只狗真神奇，卢卡想。他有些尴尬，脸上滚烫滚烫的，还特意躲了躲布鲁诺的目光，因为布鲁诺目睹了这一切，尽管他像雕像一样一言不发地站在一边抽烟。卢卡始终保持弯腰的姿势，专注地看着佐罗。

"佐罗，我给你带了一件礼物。"

佐罗看了布鲁诺一眼，布鲁诺微笑地看着它，替它翻译道："就是游戏，佐罗。"

于是佐罗坐了下来，合上嘴，一副急不可耐的样子，它两只耳朵张了开来，像极了打开的翅膀，上面的毛根根直竖，就连脸上的黑色面具也舒展了，眼睛紧紧盯着卢卡伸进上衣口袋里的手。它迫不及待地动了动前爪，然后情不自禁地发出了嚎叫声。等待让它备受折磨。为什么他把手伸进口袋的动作和把玩具掏出来的动作都这么缓慢？它真的很想跳起来帮男孩，加油，男孩，动起来！

"注意……"为了增加佐罗的期待感，卢卡故意卖起了关子，"这里有一样特别的东西……你准备好了吗？"

是的，是的，我准备好了。佐罗实在等不及了，但它只能发出不耐烦的叫声，又重新坐在地上。因为通常情况下，如果它不坐好的话，布鲁诺是不会把球或者皮手套拿出来的，也不会把棍子给它玩。

卢卡终于把手拿出来了，他要把全世界最美的礼物展示出来：一个黄色的球！

佐罗开心地从地上弹了起来。卢卡知道下面自己该干什么：先把小黄球扔得远远的，当佐罗像箭一样冲出去的时候，他就和佐罗一起向前飞奔。

"快去，佐罗，看谁先接到球！"卢卡一边喊，一边用尽全身力气往前跑。

佐罗吐着舌头向前冲。从它脸上嘲讽的表情和闪闪发亮的眼睛里就能看出它在想什么：开玩笑吧，朋友，我已经打败你了。

卢卡跟在它后面。他宽大牛仔裤里的两条细腿，根本跑不过佐罗受过特训的四条满是肌肉的腿。何况佐罗现在又因为被卢卡挑战，受了激励，更是拼尽全力。球落了地后弹了起来，向前翻滚着，佐罗敏捷地咬住了它，然后抬起头，露出胜利的表情：我怎么跟你说来着？

卢卡也赶了上来，他气喘吁吁地放慢脚步，平顺了一下呼吸。然后很快又调整好了，可以像在篮球比赛里那样，再次投篮。佐罗松开前腿，让球滚到男孩脚边。

"再来一次。"它仿佛在说。

卢卡抓住球，尽量把手臂往后拉，来了个长投。小黄球被抛向空中，飞出很远很远。卢卡的篮球教练曾经警告过他绝不能在比赛时这么干，因为篮球不是一个人的运动，而是五个人的集体项目。卢卡是前锋，不是投手，绝不可以任性妄为。但今天，卢卡不用再压抑自己。他是为佐罗投球，佐罗像百米赛跑的运动员在起跑线听到发令枪响一样，一跃而起，准备在球再次从地上弹起来之前抓住它。

卢卡愿意为它再抛一百次。

10. 我肯定能找到你

"我很想向你们学习，成为你们中的一员。"

布鲁诺微笑着摇摇头。"你年纪太小了，"他说道，"另外，你还要上学，根本没时间。"

卢卡料到布鲁诺会拒绝，就像他发生意外后，他的父母也拒绝了他的请求。他们一遍遍叮嘱卢卡，不要执着，不要再想着爱狗人士救援组。他们说一切都结束了，卢卡应该把这一页翻过去。他们还说，这就跟急诊室的外科医生把他救活了，他便突然也想成为急诊室医生是一个道理。你知道自己的想法有多荒谬吗？你到底明不明白，成为一名救援人员需要大量的知识储备和实践经验——至少先得大学毕业。

学习是任何时刻都能用得上的理由。自从那次意外后，包括整个恢复期，卢卡都没认真学习，老师们也是睁一只眼闭一只眼，但很快他们就不会给卢卡开后门了。第二个学期马上就要开始了，高考也越来越近。卢卡必须改变状态，重新开始努力学习。难道他一点都不想上医学院了吗？

对了，医学其实是当初他为了应付父母，找的托词而已。卢卡现在已经完全没有这种想法了，如果一定要跟医学相关的话，那也应该是上护士专科学校。卢卡得救后，觉得那个过来看他的护士小伙看起来很强壮，还跟爱犬人士救援组一起工作，或许卢卡也能从事那样的工作呢。所以，有一天晚上卢卡对自己的父母说："学医需要的时间太长了，如果一定要跟医学有关的话，我想上护士专科学校。"

"护士？"他爸爸立刻提出了异议，"为什么要做护士？你已经打听好了还只是说说而已？"

"你为什么不学药剂师呢？"妈妈建议道。

"开什么玩笑，站在柜台后面卖药？"

眼看一场家庭暴风雨即将来临。幸运的是，就在这个时候，他的姐姐玛利亚·琪娅拉来声援他了。最近这段时间，他姐姐总会在父母面前，支持卢卡的任何决定。倒也不仅仅是因为卢卡遭遇了那场意外，在这之前，姐姐就一直是他的坚强后盾。

"你们这么快就在折磨卢卡了？他才刚遇到过那么不幸的事儿。"她愤慨地说道。

卢卡的父母被玛利亚·琪娅拉这句话击败了，他们迅速做出让步。因为即使在家，他们也不愿再提卢卡的悲惨遭遇。妈妈连声道歉，爸爸也恢复了惯常的状态，他缄默不语，显得很悲伤。

这样的家庭氛围，让卢卡学会了坚持和商量。所以他在布鲁诺面前也同样很坚持："你跟我说过，你们经常训练。我周末有时间，可以来参加吗？"

布鲁诺皱紧眉头，严肃地说道："听着，小东西。这可不是玩游戏，也不是消遣消遣打篮球。"

"我知道。"

"你说你知道，可实际上你一点都不懂。"布鲁诺粗暴地反驳道，"我女儿跟你年纪相仿，我知道你们年轻人是怎么回事儿。"

"实际上，她比我小，你不是说她才十六岁吗？"卢卡挑衅地回答道，"我已经成年了，不知道你有没有注意，我是自己开车来的。"

布鲁诺没有回答。他似乎有些心不在焉，好像卢卡说的跟他毫无关系。但男孩并没有放弃，他建议道："至少让我试试，你难道一次机会都不愿意给我吗？"

布鲁诺立刻沉下了脸，咆哮道："别跟我这么说话，我们又不是在演电视剧！"

卢卡没有被他吓倒，反击道："谁会这么以为？反正我不会。我只是问你，我能不能来看你们训练，我想看看自己能否帮得上忙。难道说，这里面有不能让外人知道的秘密？"

"别说蠢话！"布鲁诺猛地一抬手，似乎是想叫卢卡滚，但他的语调突然缓和下来，"没什么秘密，如果你真想来就来吧。"

卢卡的脸亮了起来："我当然想来了，什么时候？"

"星期天早上，天一亮你就得起床，我们八点钟要到上面。"男人似乎有些不开心，好像很后悔刚才违心地答应了下来。

但卢卡假装没注意到，他继续问道："到哪个上面？"

布鲁诺抬头望向高处："阿尔卑斯山的月亮峰。"

"太棒了，谢谢！"笑容绽放在卢卡的整张脸上。简直太难以置信了，阿尔卑斯山，世界上最美的地方！

"快七点的时候，你能到岔道口吗？我们在那里会合。"

"当然。"

布鲁诺盯着他，讽刺地说道："星期天，在星期六的彻夜狂欢之后。"

卢卡丢给他一个恼怒的眼神："我习惯早起。除了要上学之外，我可是个运动健将。球类、滑雪，总之都要很早就去运动场。"

"哦，对。"布鲁诺让步道。

星期天清晨，阳光把阿尔卑斯山的山峰染成了浅粉色。当布鲁诺看到卢卡踩着滑雪板赶到目的地的时候，他有了小小的成就感：他把一个小伙子带到了那里。"这个小伙子滑雪滑得还不错，而且他必须承认，人也挺聪明，关键是他还愿意学。眼下，这样的人已经不多了。"他想道。

"准备好了吗，小东西？"

"别叫我小东西，拜托了。"

布鲁诺并没有纠正，也没有争辩自己这么称呼的原因，而是不容置疑地对他命令道："现在你可以藏起来了。"

卢卡原以为训练是从一架直升机上攀缘而下，或者从高处跳下来，挤进岩间大裂缝，攀上大岩壁。但事实上，训练是指走得远远的，蜷缩在一个雪坑里，做好准备，等待搜救犬的到来。他千辛万苦

爬上来，就只是为了玩捉迷藏的游戏！唯一的区别在于，在这里玩捉迷藏需要更长时间，得一直持续到十点：他有大把时间找个地方躲起来，来挑战佐罗的嗅觉，不让它径直找到自己。

"去吧，佐罗，去找出来。"

无需指令，佐罗就知道自己该干什么。布鲁诺给它穿上了一件黄色的上衣，戴了个头盔，系上了一根带铃铛的牵引绳。布鲁诺指了指搜寻区域，佐罗向空中嗅了嗅，然后又闻了闻地面。不远处有一条汩汩流淌的小溪，有些地方的雪化了。佐罗闻到了雪水清新、芬芳的气味，这香味刺激了它的味蕾。赶紧喝一点，是的，但还得等会儿。

不知道从哪里冒出来一只野兔。野兔的气息就像那些藏在树枝间等待机会、准备随时一飞冲天的鸟类的气息一样清晰。佐罗沿着一条被雪覆盖着的小径，快步向前，它觉察到了人类的踪迹，在卢卡之前有人到过这里。我会找到你，肯定会找到你，然后我们一起玩那个黄球和布鲁诺的红球。它又闻到了新的气息，对于佐罗的鼻子来说，这些气息犹如童话故事里的小拇指丢在身后的小石子，组成了一条可以追查的线索，清晰可见。但卢卡并没有这种能力。

一群乌鸦飞了起来，它们嘎嘎地叫着，仿佛为了分散佐罗的注意力而对着它大喊："不，他不在这里，你去那里找找！"但佐罗不相信乌鸦们的把戏，更别提它看到了树枝在风中摇摆。风带来了远处的气味：刚刚冒出新芽的草、灌木丛的新枝、在春日里织网的蜘蛛。佐罗闻到了黎明时分，有一只狍子从山洞里出来觅食；不久之前，西蒙内踩着登山靴从这里经过；还有巴鲁在自己之前，也在同一个区域训练。在所有这些气味中，它也找到了卢卡的味道。

　　是的，虽然这里有浓郁的薄荷丛的气味，但卢卡就在这附近。卢卡想迷惑它，但佐罗把所有气味一个个辨析出来，成功地找出了卢卡的踪迹。你在这里，卢卡，就在这块小高地后面，你躲在水坑里。卢卡，我看到你了，你就躺在那个洼地里，你没事儿吧？

　　佐罗没有坐下，它叫了好几声，然后转过身，往回跑了好几百米，来到布鲁诺身边。最后，它再次回到水坑边，更大声地叫起来。卢卡站了起来，说道："你找到我了。"

　　佐罗的脸上露出了胜利的表情，似乎在说："当然了，我肯定能找到你！"

11. 猎人

　　眼前的这个男人穿着迷彩服，戴着雷朋眼镜，蓄着白色胡子，原本长着皱纹的脸整个儿被眼镜和胡子盖住了，完全和亲切搭不上边。当他微笑的时候，露出了牙齿，像极了某些凶狠的狗。他伸出了手，尽管玛丽本能地想拒绝，但还是和他友好地握了握。玛丽勉强挤出一个笑容，尽量表现得友善一些，然后问道："您是阿克拉先生吗？"

　　"对，狗在哪里？"

　　他既没有说"早上好"，也没有问"您是哪位"，而是立即切入正题。之前的鲁迪与这位阿克拉，完全是从一个极端到了另一个极端，玛丽想。她用同样冷漠的语气回答道："请您跟我走，我带您过去。"

　　玛丽再一次带着客人从救助站的大门口走到小狗们待着的房间。三只小狗正好奇地在地上爬来爬去，它们早已激动不已，等着玛丽带它们去室外。它们迫不及待地想去呼吸新鲜空气，闻闻那些不知名的气味。所以，玛丽一打开门，就发现它们已经等在门口，随时准备溜出去。至少小饼干和米拉是这样的。而小狗狗则坐在那里，安静地看着他们进门。它一看到戴着太阳镜、穿着迷彩服的男人，就胆怯地叫了起来。玛丽心想："它和我一样，都不喜欢这个男人。"但她马上就把这种认同感赶出了大脑，换了一种更理性的思考方式：虽然我们俩对他都没有好感，但第一印象往往是错的。仅凭第一印象去判断，可能会带来大麻烦。总之，亲爱的小少爷，赶紧停下来。然后她试图安慰小狗狗，让它安静下来："小狗狗，乖乖的。"

阿克拉环顾了一下四周，又盯着篮子和房间看了一会儿。他像一头狼一样到处嗅来嗅去，准确地说，"狼"就是一个很适合他的绰号。

"那只是'妈宝'。"他面容严肃地断言道。玛丽蹲下身，抚摸小狗狗，以免它把这个男人赶跑，但可怜的小狗狗还是不停地嗥叫。玛丽发过誓，自己绝不多说任何一个字，因为她很清楚，自己的目标是给每一条小狗找一个家。

"这两条是母的。"阿克拉并不是在询问，更像是一种肯定，他一定非常了解犬类、野禽、树林、季节，还可能很了解武器、汽车、摩托车、真实的战争或者模拟演练战争。那些都是极端男权的东西，也是玛丽想破脑袋都无法理解的东西。事实上，她也不太认同男权。

房间里只剩下小狗们轻轻的哀号声以及莫利沉重的呼吸声。莫利始终黏在玛丽身边，玛丽理解它的焦虑和害怕：玛丽，你确定要在这两条小母狗里选一条，让这个糟糕的男人带走吗？它会成为什么？囚犯？奴隶？

其实，当玛丽接到男人的电话时，她的心里也充满了疑惑。男人是个猎人，就像《奇幻树林》这本儿童小说里描写的狼群首领一样，但这个男人很可能没读过这本书，否则他肯定不会叫自己阿克拉，也许就直接用那个猎人"老虎希瑞·坎"的名字了。然而玛丽在很小的时候，就读过这本书，还反复读了不下十次，每一次读到狼人莫格利和狼妈妈告别，准备离开丛林，重新回到被我们称为"文明世界"的人类村庄时，她都很感动。

　　文明包括很多方面的内容，古老的狩猎也是其中之一，但在玛丽看来，这点有待讨论。她难道真的想把这么可爱的小狗托付给一个猎人吗？从此这条小狗就得在树林里寻找猎物，驱赶野兔，恐吓雏鸡，还得对着它们狂叫，把它们惊得四处乱窜，以便自己的主人能开枪射杀它们。

　　我们难道想让它被关在救助站的狗笼里吗？让它孤独、悲伤地长大，让它没有家吗？不，哪怕再问一千次，答案也是不。小狗们只有被领养才会健康成长——在户外长大，和会仔细照看它的人待在一起，哪怕那个人只是需要一条狗来帮他做事。这样，它才能释放自己的天性，它的皮毛才能在寒风中变得越来越厚。对于爱斯基摩犬来说，寒冷的气候是再适合不过的。它将学会如何辨认野生动物的气味，感受自己身上最古老的野性。它会陪这个男人去打猎，成为一个"野姑娘"，一条更像狼的狗，它会走上和莫利截然不同的道路：从"妈宝"变成一头小狼崽。对，她必须这么想来说服自己，并且试图用脑电波把这种安慰传给莫利。

就在这个时候，为了好好检查那两只在他身边嗅来嗅去、对着他摇尾巴的小母狗，阿克拉终于摘下了太阳镜，换上了一副老花镜。摘了雷朋眼镜后，那张脸倒没那么惹人厌了，几乎可以称得上温和。他的头发、胡子花白，再加上鼻尖上的老花镜，俨然是一个正准备给两个小狗崽念童话故事的爷爷。只是他并没有从口袋里掏出任何一本书，而是掏出了一只橡皮手套，然后把它丢向空中。

米拉身子一扭，立刻冲了过去，把手套抢过来，逃到了一边，留下它的姐妹一路哀嚎着跟在它身后。

"就它了。"男人指着身手矫健的米拉，宣布道。"我喜欢它，它的眼睛像冰块一样透亮。"他拿下老花镜，满意地补充道。

"它漂亮极了。"玛丽顺着他的话往下说道。她把小狗递给那个顽固的老头，心里充满了作为一名母亲的骄傲。

"重要的是得聪明。"男人嘟囔道。

玛丽咬咬嘴唇。看，如果和猎人讨论类似的话题，肯定会挨批！最近两年，她的父母一直都在向她灌输"对美的崇拜"这个观念。她的父母在评价某样东西或者某个人时，总是以外表美作为唯一准则，但其实"美"是非常个人的一种看法。一般人会评价某人、某物"美"或者"丑"，但是玛丽的父母会说"美极了"或者"太吓人了"，因为在他们的观念里，这两者之间，不存在中间领域。他们只用最高级来表达自己的审美观。但玛丽认为，这样太不公平了。格兰达曾经同情地评论说，如果一个聪明的女人不幸长得很丑，那她绝对比不上那些既长得漂亮又很有智慧的女人。比如她和他们家族里那些长得漂亮的女人，就都属于特权阶级。

也许玛丽长得像父亲，尽管她的父亲在有钱的成功人士里也算长得好看的。总体上，他一直保持优雅，身材也很健美；为了避免成为可怕的秃头，头发也理得很整齐；他的脸上始终带着明朗、讨人喜欢的微笑，那是财富和安全感的象征。但玛丽认为，这种"美凌驾于一

切之上"的观念，是对他人的侮辱。

　　玛丽小时候，曾经坚定不移地认为自己是被收养的。不然，她是从谁那里遗传了黑鬈发？从谁那里遗传了深色的眼睛？而且眼睛的形状还有点像东方人。她身材精瘦，个子高，肩膀宽，手脚大，这样的体型又是从哪里遗传来的？妈妈的五官如雕塑般精致，金发碧眼，妈妈的两个姐妹也和她一样美。不过那三位美国女神的风姿确实是常人无法企及的，连外婆温蒂也长着一双如海水般湛蓝的眼睛。玛丽的表姐妹们个个都很标致，长着像洗发水广告里那种笔直、闪亮的秀发，身材秀美纤长，凹凸有致，完全就是衣架子。但对于玛丽来说，"裙子"这个词可以直接从"服装"类别里划去。尽管妈妈有时候会给她买裙子，并且坚持让她穿，可她始终拒绝穿着裙子出门，因为那块布覆盖下的双腿实在太细了，一对比，就显得她的脚很大，而裤子至少能把脚盖住。所以，当格兰达在谈论穿衣时尚、漂亮服饰时，玛丽觉得都是浪费时间。准确地说，玛丽认为，这凸显了格兰达的肤浅和轻

浮，虽然之前她一直认为格兰达很聪明，有教养，甚至很感性。但实际上，妈妈缺少的正是这些品质。她从不关心莫利的情绪，也根本不在乎它的其他方面。确切地说，对于这样一只古怪、丑陋的狗，她最多觉得它很可怜，让它想待在哪儿就待在哪儿。当然格兰达用这两个词来形容莫利，也只是为了不直截了当地说出"可怕"。在她内心深处，这样的狗哪怕在救助站里也不值得特别关注，因为它们是畜生，可悲的是连脸都长得不好看。

猎人并没有把米拉抱在怀里，而是在小母狗还没来得及反应之前，就熟练地为它套上项圈，系上牵引绳。不过米拉也不在乎，因为它看到办公室门打开了，一想到能出去，就欢快地叫了起来。

"我要给你钱吗？"他站在门口，终于提了一个问题。

"如果您想给救助站表达点心意的话。"玛丽皱皱眉头，平淡地说道。

"不过，我带走了一条小狗，这也算帮大忙了。"他反驳道。一看就能明白，他是那种不愿意出钱的人。玛丽闭上了嘴，但莫利忍不住叫了一声，它向前走了几小步，似乎在恳求男人好好照顾它的小宝贝，而米拉则早已迫不及待地摇着尾巴往外走了。

"但是，我想捐点钱，为了那条狗。它的眼神里透着人性。"阿克拉指指莫利，猝不及防地说道，然后迅速戴上了他的雷朋眼镜。难道莫利融化了这个男人强硬的心，让他也落泪了？

12. 118 急救电话

布鲁诺并不是那种会发邮件的人，也没有社交账号，连聊天软件都没有。他比卢卡的爸爸还不懂网络社交。他的手机款式老旧，他几乎只用那个手机收发短信，而且很少回复短信，准确地说，是从来不回复。也许他还有一个卢卡不知道的电话号码，专门用于日常生活中的联系，也就是工作以外作为丈夫和父亲的那部分生活。如果连这都没有的话，他到底是怎么生存在这个世界上的？

整整过了一天，他才回复卢卡。卢卡请求他，让他再带自己去参加训练。这次布鲁诺没有把训练场所安排在雪地里，而是在乡下的一座山坡上。但对卢卡来说，无论在哪里训练，都意味着天一亮就得起床，还得提早一小时从家里出发，所以他才想早作准备。卢卡一边烦躁地想，一边在聊天软件上回复朋友们的提问。他们问卢卡是否下周六还会缺席，他到底是被什么东西勾走了？他是不想和朋友们来往了，还是交了新女朋友？是的，就是这些问题。什么新女朋友，卢卡想。几个月前，他确实有一个叫埃莱娜的女朋友，埃莱娜还在读高二，卢卡觉得她年纪太小了。她长着一张鹅蛋型的脸，金色的头发披在脸颊边，美得像天使。卢卡一开始以为她是那种很害羞、很善良的女孩子，但实际上她是个放纵不羁的疯子。她不仅酗酒，而且每次一出家门，没等转过街角，就开始不停地抽烟。她还是个话唠，经常无缘无故不停地笑，甚至还抱怨卢卡太好，太单纯。那么在她看来，卢卡到底应该怎么做？把她绑起来，堵上她的嘴，视她如粪土，伤害她？这些情节都发生在一本小说里，而埃莱娜曾经用忧伤的口吻向卢卡讲述过里面的情节。总之，他们之间的战争就此爆发，因为埃莱娜根本不是那种会忍耐对方的人。她无理取闹，特别是喝了酒之后，不停吵闹，嚷嚷着一些蠢话，谁能受得了她？

"你找了个泼妇。"贾科羡慕地说道。

朋友们用手肘相互撞来撞去打闹，兹科突然叹息道："她长得超级美，你真走运。"然而阿明却表现得高人一等，因为他总说自己有很多异性朋友，即使所有人都知道他的女朋友是罗西，而且罗西对他很不好。

其实卢卡很想把这件事讲清楚。他和埃莱娜出去约会的时候，埃莱娜总是喝酒抽烟，去餐厅吃饭跳舞，找各种消遣，而且每次都喝得醉醺醺的，好几次还吐了。最可笑的是，最后还是由她提出分手的。她指责卢卡游手好闲，是个没用的东西，还怒不可遏地对卢卡吼，说她应该和一位骑士约会，而不是卢卡。

这对卢卡来说，无疑是个打击，但也是一场极大的解脱。下次和一个长着天使面孔的女孩开始恋情之前，必须先相处一段时间，卢卡想。他现在状态非常好，况且他还有别的事儿要做。他唯独有些想念捧着手机、等待一个人电话的日子（埃莱娜的另一个恶习是会突然消失，然后一条接一条不停地发信息过来）。对了，我还要等这个布鲁诺，谁知道他是不是人间蒸发了。

总之，卢卡已经决定星期六晚上十点和同学们去看电影。一般来说，他总是避免在放学后和那些同学一起玩，因为他可不想把学校的生活延续到星期六，更别说星期六晚上了。这会给他一种学习永无尽头的错觉。但今晚兹科和贾科不会玩得太疯，因为他们明天有比赛。至于阿明，他好像要和他那个女朋友出去，但他总是神神秘秘，不肯透露半分，还坚持说那个姑娘只是他的普通朋友。他们晚上看的是部喜剧，在抖动的旧座椅和电影 3D 效果的配合下，观众从第一幕开始就笑得东倒西歪，没什么能比这更适合周六的夜晚了。他的同伴们一边吃大桶的爆米花，一边大声喊叫，笑声不止。卢卡口袋里的电话突然震动起来，为了看清手机屏幕，他摘掉了 3D 眼镜。该死，是布鲁诺。

"我们有一次行动。如果你想来的话，明天早晨七点，高速入口见。"

"我会准时到的。"卢卡快速回复道。

卢卡当然很想去。他记得很清楚，自己问过布鲁诺："我能不能来看你们行动？某次紧急救援？我真的很想去。"

布鲁诺抬头望望天空，然后点点头表示同意："到时候看。"

手机显示现在已经是晚上十一点十七分了，他还在电影院，这里正在上演一场虚构的史前怪兽之间的战争，而且剧情正至高潮，谁知道那些好莱坞的编剧是怎么想出这种剧情的。

"兄弟们，嗯……我要走了。"卢卡对坐在他身边的朋友小声说道。他的朋友正全神贯注地盯着那头突然向他们猛扑过来的剑龙，根本没注意到卢卡从电影院溜了出去。卢卡很开心，就像马上要和斯嘉丽·约翰逊约会一样激动，但事实上他只是约了布鲁诺。

早晨七点整的时候，"大熊"穿着外套，戴着羊毛帽，站在高速入口前的小广场等卢卡。他一边等一边抽烟，不过这肯定已经不是第一根烟了。他靠在自己的越野车上，佐罗的脸从后排窗户里探了出来。

"我没迟到。"卢卡赶紧说道。他从车里跳了出来，看了一眼手机，上面显示的时间是七点零二分。

"上车，你没迟到。"布鲁诺确认道。他把烟头扔在地上踩灭，然后把烟蒂捡了起来。卢卡吃惊地看着他：广场上扔满了烟头。

"好吧，但你可以把烟头扔在这里，你看这里本来就很脏。"

布鲁诺把烟蒂装进一个小袋子里。"是的，我不想增加这里的垃圾量，而且这是我的习惯。在树林里扔垃圾，是在犯罪。"

"对，当然了。"卢卡赞成道。卢卡在车里坐下前，向正站在后备箱里摇着尾巴的佐罗打了个招呼："你好，佐罗，情况如何？"

"很不好。"布鲁诺一边系安全带，一边回答道，"失踪者大约九十岁了。"

"啊，不是吧？"卢卡说道，"你们确定他失踪了吗？"

"他的家人打了118，然后118立即联系了高山救援队。我们从昨晚就开始找了。"

"你昨晚就在那儿了？"

"不，昨晚马克带着杰克，安德烈带着拉奇在那里。他们找到很晚，后来直接睡在车里了。"

卢卡看到山中起了雾，远处的景物被染成了或深或浅的灰色。"杰克也是边境牧羊犬吗？还有拉奇也是吗？"卢卡问道。

"杰克是黄金猎犬，拉奇是拉布拉多犬。"

布鲁诺在人烟稀少的乡村道路上狂奔。今天是星期天，佐罗应该是这条高速公路上唯一一条狗，此刻它正蜷缩在后备箱里。

　　"如果有需要的话，救援人员要睡在车里？"卢卡问道。

　　"当然。"布鲁诺解释道，"你必须随时在汽车里准备好换洗衣物、被子和装满咖啡的保暖壶。"

　　卢卡转过头，他看到汽车后座上放着一床被子和一个大容量的背包。"对，当然了。"他情不自禁地回答道，然后他又想到了另一个问

题，"这些东西都是志愿者社团发给你的吗？"

　　布鲁诺干巴巴地笑了一声："我的制服和狗的制服是社团发的，剩下的都是我自己的，汽车是我的，狗也是我的。我们是志愿者，还记得吗？"

　　"当然了，对。"卢卡用惯常的赞同来掩饰自己的尴尬。也许最好保持沉默，他可不想跟埃莱娜一样，一刻不停地说话、大笑。埃莱娜不给你任何时间思考和审视，她认为说出来的话应该是无意识的、直

接的，必须是电视上那种连珠炮似的问答，而且一定得用特定的方式来回答。如果一方想得到另一方内心真实的、最原始的答案，肯定行不通。因为这太荒唐了，除此之外，还很天真。该死，怎么又会想到埃莱娜？卢卡暗自责备自己。他把头转向窗外，以此分散注意力。布鲁诺的沉默里蕴含着一种非常有力的东西。他的沉默并不是空洞的，比埃莱娜的叽叽喳喳强得多。

他们把车开到一间农舍前的空地上停了下来。在那片空地上已经停了一辆消防卡车、一辆宪兵队的小卡车、一辆交警车、一辆红十字会的救护车、一辆森林警察的小卡车。这次救援行动投入的人力让卢卡目瞪口呆。

"看这架势还以为是国家总统走丢了。"卢卡嘀咕道。他看到各种穿着不同制服的人，围在民防救援队的面包车边上。

"要是总统走丢的话，何止这么点乱？"布鲁诺生硬地反驳道。他有时候似乎并不欣赏卢卡的玩笑，也有可能他故意这么说，想让卢卡泄气，以此来提醒他，他们去那里并不是为了玩乐。

空中传来的巨响吸引了卢卡的注意。军用直升机像一只灰色的胖蜻蜓，慢慢地向山坡降落，低得碰到了栗树的树顶。直升机时断时续发出的红光，犹如一颗巨大的心脏在它的金属身体里跳动。直升机慢慢下降，不断往前进，似乎要穿越这片茂密的树林，它轻轻触碰那些树顶，用极富威胁性的巨响审问道："你们把老人藏到哪里去了？快交代。"

"唉，小伙子，不能拍照。"一位宪兵对卢卡命令道。卢卡赶紧把举在半空中的手机收了起来，他本想把这个场景拍下来。谁知道呢？也许会传到自己的个人主页上。

"对不起。"他嘟囔道。卢卡也不知道自己为什么会做出这种违反规定的行为，为了缓解被抓的尴尬，他迅速抛出了一个问题：您能告诉我……直升机是如何进行搜索的吗？"

"用红外线。"男人简洁地解释道，"它能发现人体发出的热量。"

说完这句话，宪兵就走远了。在这里，没有人聊天，因为我们并不是在咖啡厅，何况现在也不是休闲娱乐的时候。即使是森林女守卫和红十字会的女人们，也都眉头紧锁，抱着双手，一言不发地站着。卢卡觉得这种集体的沉默有些不真实。空中的巨响声似乎又往下沉、往前走了。有些人盯着直升机，有些人靠在汽车上，还有一些人背着手，走来走去。没人举着手机或用耳机打电话，也没人盯着手机屏幕：这是一个完全不同的世界。

直升机撤了回来，在空中盘旋了几分钟，然后转弯，上升，越飞越远。这时候，布鲁诺也回到了自己的汽车旁，他刚才走进那些官方车辆堆里消失了。还有另外两个男人也陪他走了过来：一个穿着印有高山救援队标志的上衣；另一个穿着黄色上衣，戴着头盔，牵着一条金色的狗。男人和狗的身上沾满了烂泥，狗吐着舌头，卢卡看得出它很疲倦。三个男人对着地图，盯着脖子上挂着的一个仪器，谈了一会儿，他们相互交换了信息和看法。挂在他们脖子上的应该是一种导航仪，GPS，卢卡想，但他不敢打断他们去询问。

"快看，谁来了？"卢卡听到身后传来了友善的感叹声。他转过身，看到眼前站着那位善良的护士，他的头发依旧用头箍固定起来，只是这次用的是彩色的头箍。

"唉，你好吗？"卢卡握住他的手，护士在他的手臂上拍了一下。

"我很好，不过我们都在这儿，看能不能找到老爷爷，希望他安然无恙。你呢，怎么样？"他很有教养，并没有问：你来救援地干吗？

"我和布鲁诺一起来的，我想帮帮忙，顺便学习。"他谨慎地回答道。他看到布鲁诺已经和其他队员分开了，正打开车门作准备。卢卡转过身，看着他，知道他听到了自己的回答，尽管他看起来正在专注地想事情。

护士向他投来一个鼓励的微笑："很棒，这样你就能助我们一臂之力了。"

卢卡鼓起勇气问道："你看，我能不能联系你，向你咨询怎么考护士专科学院，以及需要准备些什么？这会给你添麻烦吗？"

"怎么会？你随时都可以给我打电话。"护士报了一串号码，"我叫阿尔贝托·马基尼，你能在 Facebook 上找到我。"

"对，当然了。那我们在 Facebook 上联系。"卢卡一边开心地说道，一边迅速在手机上存下了他的号码。布鲁诺就站在卢卡的身后，他已经戴好了头盔、护胸和背带，以防要下到某个大坑里，或者天知道什么地方。然后他打开后备箱，佐罗跳了出来，伸展了一下前爪。

"老爷爷穿着拖鞋和睡衣出去了。"阿尔贝托对卢卡窃窃私语道，仿佛在传授什么重大机密。

"你怎么知道的？"

护士没有解释自己是如何得知这个消息的，但他继续低声往下说，好似在揭示一个天大的谜团。卢卡仔细地听着，他觉得自己已经跨过了一道门槛，正式成为这个团体的一部分。护士正在和他分享这些绝密、有价值、至关重要的信息，也不知道这些信息是如何被泄露出来的。

"当时家里的帮佣在厨房，他在客厅看电视。当帮佣回到客厅的时候，发现老人不见了。她以为老人在厕所，就等了一会儿，然后又把房子和花园里都找了一遍，但还是一无所获。于是她就打电话给老人的孩子们。当孩子们到家的时候，老人早就不知道去哪里了。他现在应该已经走很远了。"

"穿着拖鞋？"卢卡惊讶地重复道。

护士严肃地点点头："你不知道这种情况都发生多少次了。"

13. 精确的嗅觉

佐罗套上背带，抖了抖身上的毛。它闻到了潮湿、污泥和杰克的气味，也感知到了杰克的疲乏。杰克已经躺下了，它一夜没睡，天一亮就起来搜索，现在已经筋疲力尽。

"我们连夜搜索了C区和D区。今天天一亮，又找了A区、B区。"那是杰克的朋友在说话，他的脸上也满是倦容。车门打开了，从里面飘出了咖啡和面包的香味、杰克的汗味，以及男人和狗身上邋遢的刺鼻味。他们直接睡在了车里，同样的情况在佐罗和布鲁诺身上也发生过好多次。

"轮到我们了。"布鲁诺说道。佐罗很熟悉这句能让它兴奋的话，因为游戏即将开始：躲藏——追捕——搜寻——寻获！

布鲁诺用狗链牵着它，把它带到了指定区域。对于佐罗来说，这是它的工作区，它要在这里分辨各种混杂在一起的气味，选出目标人物的味道，最终找到他。这是一个艰辛、但激动人心的游戏，是一场目标明确的挑战。佐罗从小就学会了在人类的指导下，进行选择性搜索。当它还是小狗崽的时候，它的朋友布鲁诺就教它如何集中精力分辨人类的气味，重现人类走过的道路。它要沿着那条路一直走，告诉布鲁诺如何找到失踪的人，他们有的掉落山崖，有的受了伤动不了，有的睡着了。佐罗觉得这项工作很简单：人类每走一步，都会留下独特的气息，虽然草、湿气、昆虫、蠕虫、菌类、叶绿素的气味更明显，但它的鼻子受过训练，能清晰地感知到人类气味的踪迹。对于佐罗而言，日常的搜索训练简直是小菜一碟，因为没有其他人类的气味和脚步干扰它的判断，它只要沿着由目标人物的气息组成的那条肉眼看不到的路一直往前跑就行了。

但这次，挑战变得非常严峻：清晨的光线改变了气味，人类的气息也并不清晰。它必须不停地嗅嗅空气、土地，半闭着眼仔细辨别，才能感知到。

它看到地上出现了清晰、新鲜的痕迹：有人带着狗，在这个区域走动，远处还传来了犬吠声。佐罗知道那些是猎人，它抬起头、竖起耳朵，然后侧过身子，把这个消息告诉布鲁诺。

布鲁诺观察了被乌云覆盖的天空、地面的坡度以及树枝的运动。地上刮起了一阵微风，风遇到了低压，产生了令人难以察觉的气旋，而这个气旋正好把远处的气息带了过来。布鲁诺打算把佐罗带到地势更低的地方，利用空气的流动，让佐罗更快地追踪到目标人物的最终位置。尽管布鲁诺怀疑老人根本不在这个区域，但这是他的工作：缩小范围，确保搜索工作的精确性。佐罗受过专业训练，嗅觉非常灵敏，可以通过不同区域的气流带过来的颗粒寻找线索。

他们穿梭在低矮的灌木丛里。布鲁诺研究了一下 GPS 里的地图，然后他抬起头，转身看了佐罗一眼。佐罗正示意他沿着猎人们走过的路，往小山坡上去。一个眼神就足以让他们明白对方的用意。他们继续向前，佐罗仔细分辨着风中夹杂着的来自远方的气味，布鲁诺则在地图上确认路线，他越来越确信失踪者并不在这一带。

　　一整夜过去了，谁知道他走了多远，布鲁诺想。凭经验，他也能猜测出老年人一夜能走不少路，哪怕像失踪的老爷爷那样，穿着拖鞋。夜幕降临后，他们会因为惊慌，失去对时间和方向的判断。除非他们筋疲力尽，瘫坐在某地昏睡过去，否则只会一刻不停地往前走。也许他们会寻找一处避难所，但这里既没有猎人的草房也没有山谷，只有烂泥和灌木丛，倒是非常适合菌类生长。远处响起了一声枪响，紧接着又是另外几声。这是个狩猎场，希望猎人们不要误把老人当狍子，对着他开枪。

　　佐罗的爪子陷进了泥里，它抖抖身子，甩掉穿梭在灌木丛时沾在毛上的露水。佐罗没有任何头绪，老爷爷不在这里，它根本闻不到老人的气味。目标人物不在这里，布鲁诺。

　　布鲁诺看看佐罗，明白了它的意思。这时候，无线电发出了吱吱声。"布鲁诺，我是马可。有人在山上的一个废墟里找到他了。"

　　"我是布鲁诺，是谁找到的？"

　　"消防员。一个采菌菇的农民给他们打电话，说自己看到一个冻僵的老人。"

　　"好的，马可，我马上回来。"

布鲁诺向佐罗示意了一下："我们走，工作结束了。"

一切都结束了。佐罗跟着它的朋友，一路欢快地小跑。它知道，他们在这次游戏中，没有实现目标。但也只有在日常训练中，才能每次如愿以偿。而在真实的情况下，佐罗会尝试寻找，做自己该做的，然后带着满身污泥，筋疲力尽地回去。每每那种时刻，它都会感到如释重负，轻松地去碗里喝水。

但今天有些特别，卢卡正拿着小黄球等着他。佐罗高兴地向他跑去，准备接受他的爱抚和赞扬。它的眼睛一直盯着卢卡插进上衣口袋里的手，因为那里有它的奖品。

"你听说了吗，布鲁诺？他们找到老爷爷了。"卢卡说道，他的声音激动得微微颤抖。这次搜索行动让他想起了自己那次意外，虽然这里没有雪，也没人被活埋。可怜的老爷爷，他的年纪比帕斯古阿莱爷爷还要大。帕斯古阿莱爷爷一离开奶奶，哪怕在商场里都能迷路。他总说商场跟迷宫一样，让他很焦虑。

布鲁诺点点头："还不错，我本来担心情况会更糟。"

佐罗看着他们，静静地等待着。显然，它现在唯一的期待是和卢卡一起玩。持续搜寻的时间，并不算太长，它还留有很多精力，但佐罗和布鲁诺在交谈，它必须等。它知道，人类会花很多时间聊天。

"他好像走到树林里去了，他说他看到了士兵。"卢卡继续转达道，但有些犹豫，"他要去找同志们。"

"我能理解。"布鲁诺想了想，说道。

"什么意思，你为什么能理解？"

男人盯着他，戏谑地微笑道："关于最近一次战争，你知道些什么？"

卢卡皱皱眉头，布鲁诺也开始考他了。他厌烦地回答道："这个我在学校里学过，第二次世界大战、法西斯主义、纳粹主义……"

"确实。但我们只在书上学过，他亲身参加过这场战争，你明白吗？"

卢卡瞪大了双眼，但他并不理解，那段历史离他实在有点远！连他的爷爷奶奶都从未提起。准确地说，他的爷爷奶奶经常沉迷于回

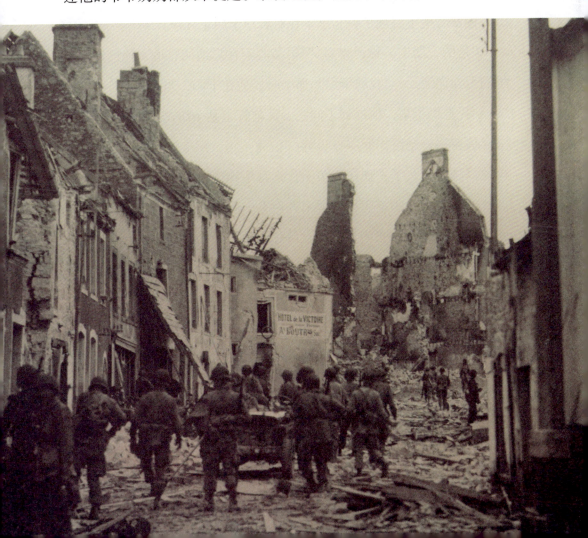

忆：年轻时那些美好、无忧无虑的岁月，令人难忘的摇滚乐和电影，在海边的度假，出格的时尚品位。总之就是上世纪下半叶，六十年代的美好时光。爷爷奶奶经常为像卢卡一样的年轻人感到遗憾，他们认为当下的年轻人生活在一个退步的世界里，不但找不到工作，甚至连像样的摇滚乐都找不到。因此卢卡觉得自己有义务提出异议："不可能，这段历史过去太久了，他不可能参加了战争。"

布鲁诺脸上露出一丝嘲讽的笑容："你看，战争爆发时，这个男人大概也就你这个年纪。"

佐罗有些不耐烦了，它忍不住对着卢卡叫了几声："球呢？"

"是的，朋友，你说得对。"男孩心不在焉地回答道，他已经被战争的事弄糊涂了，"我的年纪？那个时候他在干吗，当兵吗？"

"我觉得不是，他提到了同志，那他肯定是个游击队员。"

佐罗摇着尾巴，低声哼叫着："说完了吗，卢卡？"连布鲁诺也觉得他们聊得太久了：现在的孩子什么都不知道。他们到底在学校学了点什么？他才不愿意代替老师来教卢卡。所以在卢卡开口反驳前，他就指指佐罗说："你去吧，佐罗在等你呢。"

"当然，对。"男孩顺从地把手伸进口袋里。佐罗在他的指缝间看到了小黄球，它高兴地在空中翻了半个筋斗。是的！开始吧！

卢卡把球抛了出去，小黄球在空中画出了一条长长的弧线，似乎要往树林里的山上飞去。他盯着那个球，低语道："一个游击队员……在这里，在树林里。"

佐罗如同一支黑白相间的箭，在田野里跳跃、穿梭，准备在球落在草地上翻滚时，把它抓住。卢卡为什么还没跟上来？他为什么一动不动地站在布鲁诺身边？他们又开始聊天了吗？佐罗捡到了球，飞快地回到男孩身边，它想摇醒他，责备他："你今天怎么了？睡着了吗？往前跑，看你能不能捡到球。"

布鲁诺吸了口烟，看起来心事重重。他高声回答道："也许他想起了年轻时，在这里战斗的场景。"

卢卡点头赞同，他刚才听到了猎人们的枪声。他试着想象，曾经在这个树林里进行的战斗是怎样的：枪声、叫喊声、小卡车、摩托车、炸弹？假设这里所有的救援机构都是来进攻战斗的话，还会有装甲车、吉普车、火箭发射器、刚才那架阿帕奇直升机。直升机投下导弹，对着树林扫射，就像他在某部电影里看到过的那样，不过他记不清电影的名字了，只记得是在电视上看的。他不喜欢战争，但对战争也没有特别的情绪。

佐罗把球扔到卢卡脚边，张开嘴，盯着他，仿佛在说："那现在，你玩还是不玩？"

卢卡捡起球，在手上掂了掂，然后看着佐罗说道："你想要小黄球，对吗？你想要挑战我。"

佐罗抬起后脚，用前脚跳起来。"是的，加油！"它好像在叫，"扔出去，懒骨头！"

卢卡就像站在篮球场边界线外那样，用力把球抛出去。小黄球一飞出去，他就和佐罗一起往前冲，他大声喊道："是我的，你拿不到，你不可能赢我，我肯定能打败你！"

14. 少年心气

　　玛丽微笑地注视着两只小狗，它们在地上打滚，翻跟头，追来赶去。它们已经长到两个半月了，很快就得离开办公室。尽管所有志愿者都很喜欢它们，但等它们三个月大时，就不得不被关进笼子里。一旦被关进笼子，它们被收养的机会就会大大减少。

　　不，怎么能有如此消极的想法？会有好心人愿意收养成年狗的，甚至是两三岁的大狗。她的脑海里闪现出一幅忧伤的画面：她的小宝贝——小饼干和小狗狗，被关在笼子里，虽然孤独，但依旧每天信心满满地等待着人类的抚摸。事实上，它们等来的只有玛丽这个朋友。于是悲伤与日俱增，它们备受折磨。

　　玛丽也快被大学里繁重的课业逼疯了。事实上，她已经把一门课的考试推到了下个学期。她的大部分时间都被救助站的工作占据了，在家和图书馆的时

间都少得可怜，根本没法好好学习。在救助站里，她乐于助人的品质反而给她增加了很多负担：对不起，玛丽，既然你在这儿，能不能去一下供应商那里？玛丽，耐心点，明天我没法来，既然你在这儿，能不能替我一下？"既然你在这儿"正在变成玛丽的第二个名字。然而不在救助站的时候，她又会表现得像个焦虑的母亲：她会时不时打电话询问小狗们的状况。一旦听到它们叫唤，就会担心得不得了，连连追问值班的人，发生了什么情况。她害怕两只小狗被忽视或者被责骂。虽然她已经委托莫利在办公室坐镇，但她知道，在小狗们心里，自己才是收养它们的妈妈。她还没进门，它们就会用特别的叫声欢迎她；等她开了门，小狗们已经等着了，它们用蓝色的小眼睛看着玛丽，对着她摇尾巴。

"它能听出我的脚步声。"玛丽对贝尔塔自豪地说道。

"它认识我们所有人，知道我们叫什么名字。"贝尔塔补充道，"如果找不到人收养它，实在是太可惜了。"

"我们肯定能找到。"玛丽强调道。她抖抖身子，试图赶走心里的焦虑。"我们得把它们的特征写在网上。不能光说它们可爱、热情，与人亲近。比如小狗狗，我们得写：它很善于观察，十分专注，拥有灵敏的嗅觉。"玛丽说。

"你本应该用这些话来说服那个猎人……"贝尔塔开玩笑道，她对那次会面的情况知道得一清二楚。玛丽把所有的细枝末节都告诉了她。她听完后，跟着玛丽一起捧腹大笑。

"算了吧，对一个什么都懂的人，我还能说什么？他就像大学里的某些教授。"玛丽说。

贝尔塔没有上大学，她参加了一个培训课程之后，就开始从事声音技术方面的工作。当她看到玛丽经历了噩梦般的高中后还在继续学习，她摇着头说："哎，真不知道你是怎么做到的。"她有一次说，自己并不讨厌学习，也不讨厌某些学科或者某几个老师，她无法忍受的是学校，包括教学楼、里面的老师和学生。她一进校门就浑身不舒服，她不喜欢封闭的教室，教室里灰尘的味道以及墙壁、课桌、家具上渗出来的霉味。她讨厌一动不动地坐着听课，老师还会因为你没认真听讲或者没跟着他鹦鹉学舌而生气。她已经完全不记得自己在学校里学过什么。比如她学了六年英语，一直学到十八岁，但还是一句话都说不全。

玛丽不会因此批评她。因为玛丽自己也不喜欢那样的学习方式，还有那个封闭、令人窒息的地方。但她热爱学习，喜欢从书中汲取知识，热衷调查研究。如果不是已经选了兽医专业的话，她会选择学历史：她对过去发生的事件、伟大的文明和古老的生活方式一直抱有极大的兴趣。玛丽知道有些东西不是光靠动手或者经验就能学会的，而要沉浸到书本里，通过对证据和记录的研究，才能理解掌握。这就是玛丽去学校上课的原因。当然她离开家，搬到一个小城市生活，很重要的一个原因是想彻底改变自己的朋友圈，找个借口切断和原先同学之间的联系，包括和她的前男友贾克布。

"拜托，这是谁都知道的原则：千万别跟同班同学谈恋爱。"当玛丽把贾克布的事讲给贝尔塔听时，贝尔塔笑着说道。

"我知道，我知道，我做了一件很不明智的事。"

"你千万别重蹈覆辙，"贝尔塔叮嘱道，"千万别跟同事结婚。一旦和同事结婚，你会觉得自己一天到晚都在上班。可为什么总有那么多人跟同事结婚？你知道这有多讨厌！"

"也许他们能更好地理解对方。"玛丽嘟囔道，试图为这类夫妻开脱，在某种程度上也在为自己开脱。她一直认为，和同学或者同事谈恋爱，就相当于宣布自己没有别的机会了。

然而仔细想想，她也参加过很多校外活动：美国协会除了组织聚会和会谈外，也能让她认识许多出色的男孩子。他们和玛丽一样，经常旅行，懂戏剧、音乐、电影。如果谈到运动，玛丽从小就学网球，打得也不错。在网球场，她也能遇到很多男孩，他们擅长运动、友善、热情，而且肯定比贾克布更可爱。说实话，贾克布既不帅又不友好，而且对网球、戏剧、电影或者音乐统统不感兴趣。他非常害羞，但这让玛丽觉得他很温和。

贾克布的内敛让玛丽心动了，更何况他还那么聪明，是数学和物理方面的天才。玛丽能在科学学科获得高分，全靠贾克布清晰、耐心的解释，总之比物理老师让人云里雾里的解释直接、简单得多。

然而在某一个糟糕的日子里，温柔的贾克布突然变得无聊透顶。玛丽在高中时期最亲近的朋友阿黛拉说，其实贾克布一直都是这样，只是和他相处久了之后，爱情的美化作用慢慢减弱，玛丽才意识到而已。贾克布并不是一个非常内敛的人，不过他确实很温和，只是温和得很无趣。他对什么都不感兴趣，不只是艺术，连对周遭发生的事都不在意。只有足球能激起他的热情，但他只作为观众观看足球比赛：他从未错过任何一场比赛。他热衷于买足球彩票，预测比赛结果。事实上，这也涉及数学公式的运用，不确定性系数在一个熟练掌握代数运算规则的人面前也只能让步。

不过，假如贾克布能对动物和大自然表现出同情心的话，玛丽或许还能忍受他。玛丽的梦想是住在乡下，在屋子周围建一个小小的私人农场，养狗、猫和兔子，让它们在农场里自由自在地生活，最好还能再养匹马。随着年龄的增长，她的梦想也越来越清晰。刚开始谈恋爱时，贾克布还会很感动地倾听她诉说自己的梦想。可一段时间之后，他就厌烦了，甚至在某种程度上表现出对在家养动物的厌恶。

"你不觉得在家里养动物很土吗？"他用极不友善的口吻装腔作势地说道。除此之外，他还宣称自己对动物毛发过敏，尽管他根本没做过相关测试。再说去乡下这事儿，在贾克布眼里去乡下意味着寒冷、不舒适，甚至是危险。他这辈子从来没想过去种菜或者养动物，更别说养狗了。他的理想是成为一名数学家，要是能进某个欧洲机构就更好了，那里为科学家们提供了足够的空间、时间、尊重和名望。

总之，玛丽和贾克布已经分道扬镳，越走越远。当玛丽向他提出分手时，他表现得十分失落，仿佛自己被抛弃了，但玛丽无法相信这是贾克布的真实感受。他似乎也因为玛丽的这个决定而感到释然，如果真的有什么遗憾的话，也只是因为从那以后，他再也无法去玛丽家了，而不是因为失去玛丽身上的热情——一种对自然，对马、狗和世界上所有需要保护的动物与日俱增、无法控制的狂热。

在贾克布之后，玛丽再也没有交过男朋友。一来没想法，二来也没时间。她要参加高考，准备兽医入学考试，还要找一间爸妈都认可的房子。光找房子这件事，就让她烦透了，这简直就是她这辈子遇到的最困难的事情之一。她背着父母，自己一个人去找房子，上网找，打电话联系，看视频，还坐火车去看了两三次。最后，她选了一间，还决定让格兰达陪自己去看房，不过前提是她保证不会横加干涉。妈妈先审察了那一带的环境，但只是点点头。在玛丽同意她发表意见之后，她才激动地（有些夸张）说这一带确实非常舒适，虽然是城郊，但什么都有。关于房子本身，她是这么说的："非常实用，打扫卫生很方便，你能考虑到舒适性，这点好极了。"总之，除了用到"舒适性"这个词之外，格兰达并没有作过多评价，不过即便这个词并不是"丑陋"的委婉说法，也绝对不可能是表扬。

玛丽为什么又开始回想那些不愉快的过去了呢？自从上了大学，玛丽就重生了，她的人生也完整了。她已经变成一个坚强的成年人，就像从宙斯脑袋里蹦出来的雅典娜女神一样，独立自主，充满智慧。在这期间，她也和几个人短暂地暧昧过，但她非常小心地确保他们不是自己的同学，以免他们每天和自己黏在一起。其中有一个是来自荷兰的学生，他很喜欢狗，也是一位志愿者，但只在那座城市待了三个月。另外一个是餐厅的音乐师杰里米，玛丽和她的新朋友贝尔塔、瓦莱经常去那家餐厅吃饭。他也很喜欢狗，现在对玛丽来说，喜欢狗是必不可少的先决条件。他散漫、乐天、充满激情。他是一名键盘手，但无论敲击什么物品，都能奏出音乐：炒锅、平底锅、玻璃杯、茶几、生物书。但他身上有一个让人无法容忍的缺点，虽然那是人类天性的体现：他拥有一个小后宫。玛丽至少发现过两三个，这让她怒气冲天，但她什么都做不了。总之，玛丽跟他拜拜了，尽管有些快快不乐、失落和气愤，但也很快就释然了。

最后，杰里米也没能成为她的男朋友，他带给玛丽的唯一好处是让玛丽了解了一些好音乐，既不是在玛丽父母家称霸天下的爵士乐，也不是玛丽下载在手机里的那些歌。而是比如这首：涅槃乐队的《少年心气》。

突然，玛丽想到一个主意。她决定做个小创意：在小狗们的主页上，发布一张小狗狗戴着耳机的合成照和一幅写着歌名的插图。

15. 我要养狗

吃晚饭时，卢卡跟自己的父母发生了争执。他如同一位古代的武士，用胸甲和武器把自己严严实实地武装起来。只不过他的武器是一个自己沉思良久的话题，而胸甲则是他幽默诙谐的态度。他早早地下定决心，无论在这场对峙中受到何种挑衅，都要保持这种态度。

"我要养条狗。"他高声重复道，因为他的父母似乎并没有注意到他在说什么。

"对不起，等等。"妈妈终于插话了，"你说你已经决定了？'你已经决定了'是什么意思？"

"意思是，即使你们不同意，我也要养狗。"

"啊。"妈妈闷闷不乐地回答道。

房子里一下子安静了，把大家接下去的反应衬托得更加明显。在妈妈再次开口前，卢卡的天使玛利亚·琪娅拉赶来救火了，不过这次她关心的是自己的私人空间——她的房间："'你决定了'的意思是你要把狗养在你自己的房间里？"

卢卡笑了起来，他说话的声音十分讨人喜欢："意思是，即使你们反对，我也打算按照自己的想法做。这也是我家，何况房子这么大。另外，狗的话我会自己照顾。"他的回答十分严肃。

"算了吧。"妈妈从牙缝里挤出几个字。紧接着，爸爸厌恶地说道："你用这么激进的方式，提出一个如此微妙的话题，你觉得合适吗，卢卡？"尽管他的语调很柔和。

"我不觉得激进，我只是把自己的想法说出来而已。"

"对，但你的口气并不像在提要求，而像是最后通牒。"爸爸换了一种更加严肃的语气，拿出了做就业顾问时的气势。

"有这么严重吗？"卢卡露出了嘲讽的眼神。然后，妈妈也克制不住了："总之，卢卡，你好像没理解你爸爸的意思。你在吃饭的时候直接向我们宣布你要养狗，居然没有请求我们的允许……我的意思是征求我们的意见。"她纠正道，但已经为时已晚。卢卡眼里那团嘲讽的火光越烧越旺，他站了起来，发泄道："啊，是吗？允许？拜托，妈妈！"

"我想说的是意见，我说了是意见！"卢卡的妈妈纠正道。她一下子愣住了，卢卡赶紧抓住这个机会，冷静地宣布说："我知道该如何照顾我的狗。"

"啊，当然了！你就是从那些养狗人士那里学来的。"妈妈忍不住生气地反驳道。

"他们叫训狗师、爱狗人士救援组。"卢卡用胜利者的姿态，平静地瞪着她。

"是的，太对不起了。但你知道我在说谁。糟糕的是，你完全没有意识到那些人以此为业。他们是成年人，住在山里，他们家很大……"妈妈明显已经被激怒了，开始高声罗列卢卡和那些人的不同之处。

"对不起，拉拉。"为了维护妈妈，支持她的观点，爸爸打断道，"你妈说得很对。我们俩都担心你只是任性，根本没意识到在一间没有花园的公寓里养狗意味着什么，以及你需要为此承担什么样的责任……"

"首先，光是大小便，一天就要两次！"妈妈插话说。她先竖起拇指，然后又竖起食指："第二，必须有人为它准备食物，到时候你千万别跟我说'妈妈反正你要去超市'……"

"你居然已经开始想这些了！"玛利亚·琪娅拉跳了出来，她又变成了天使，虽然这个天使很善战。她尖锐的语气刺破了空气："对不起，妈妈，你还记得卢卡遭遇了什么吗？你还记得是谁救了他，对吗？"看来她真的不懂该如何用开玩笑的方式表达自己的观点。

"是的，当然了！"妈妈回答道。她被击中了要害，双眼下垂，声音也小了："我们怎么会忘记？我会永远对那些人和那些了不起的狗心怀感激。"

　　"可是某个人被消防员救了，他就非得去做消防员吗？"爸爸试着开了个玩笑。

　　"为什么不？还很有必要。"卢卡耸耸肩，用惯常的轻松语气反驳道。

　　"我想说的是，并不是说一个人被夏尔巴人救了，他就要去养牦牛，也去做夏尔巴人……"

　　"爸爸！"玛利亚·琪娅拉气呼呼地说道，"你不要总搬出各种各样的例子，好吗？"

　　"我只是想让你们更好地理解。"他皱着眉头，嘟囔道。

　　"但这些例子完全无法让人理解，只会混淆视听。"

　　卢卡又露出了一个微笑，他用胜利者的口吻宣布道："其实狗是一个支点，一个重心。"

　　"你在说什么呢，卢卡？"妈妈抱怨道，她已经吵累了。

　　"一个重心？"爸爸扬起眉毛，惊讶地问道。但玛利亚·琪娅拉的脸立刻亮了起来，她的脸庞仿佛被一圈蓝色的光晕笼罩着。她对卢卡说道："这个说法太完美了，卢卡。是谁教你的？"

　　没人教过我，卢卡本想这么回答。他知道，狗是自己的能量中心，他能感受到佐罗和杰克身上散发出来的活力。当它们奔跑、游戏时，卢卡仿佛能看到它们的身体正向外释放常人用肉眼看不到的五彩祥云。这些五彩祥云像行星一样，围绕在它们身边。

"这是禅宗里的一种说法。"他神秘地说道。

"原来是这样，可惜我们不懂禅宗。"妈妈低垂着眼，轻声评论道。

卢卡之所以提到禅宗，是因为它是一门没人懂的哲学，很少人敢引用。还因为他对狗的看法和他日常看到的人狗关系大相径庭。那些原本聪明、灵敏的狗被打扮成玩具娃娃，头上戴着蝴蝶结，身上穿着衣服，脚上套着鞋子，喷着香水，吃冰激凌和小点心，还染上了人类最严重的恶习：懒散和无知。但对卢卡来说，养狗是一种修行。他需要获得心灵上的理解，建立起像佐罗和布鲁诺之间的那种默契，寻求内心深处的灵感。而他内心的支点就是一条狗，也就是冷静、沉默、善解人意的佐罗。

他还需要另一种形式的爱。卢卡需要一只小狗，他想照顾一个幼小、单纯、无助的生命，一个有朝一日能拥有无尽活力和自主性的生命，他要亲眼看着这个生命在自己的关怀下快速成长，最终拥有一个自由、纯朴、乐于助人的灵魂。他希望能与这个生命一起聊天，一起生活，一起分享情感。

卢卡想爱一只狗，同时也获得这只狗的爱。他在超市排队付钱时，看到一个糟糕的女人不停地亲吻手里抱着的吉娃娃，还胡言乱语地说："我们是男女朋友，我们很相爱。"什么男朋友，什么小宝宝，什么儿子，那是一条狗，用来形容它们的最恰当的词语应该是朋友。卢卡交友广泛，认识很多人：运动时的队友，上学时的同学，旅行时的伙伴，聚会、会面、吃饭时认识的人……这些人来来去去，快速进入他的生活，又匆匆离开。他们把自己定义为卢卡的朋友，因为他们会说，如果你需要帮忙，可以随时打我电话；因为他们和卢卡一起玩得很开心；因为卢卡是个优秀的篮球队前锋；因为他们可以信任卢卡。但事实上，他认为真正的朋友，远不止如此。真正的朋友应该用"友谊"来形容，因为这个词更有力、更深沉、更严肃，即便阿明和贾科是卢卡的发小，也是他一辈子的朋友，但卢卡和他们之间的关系也达不到这种程度。或许只有狗才是卢卡真正的、最有意义的朋友，因为卢卡脑海中唯一出现的就是狗的形象。卢卡想和一条狗成为好朋友。它不是因为你和它是同类才喜欢你，而是因为你跟它不一样，你是人类，会做它不会做的事。卢卡是篮球队前锋，那么他的狗就是一个他可以百分百信任的队员。一个充满幻想，一个拥有灵敏的直觉，他们会是坚不可摧的一对。

卢卡深信，他想养狗，并不是任性，也不是为了模仿"那些养狗人士"，他不会轻易厌倦。事实上，他已经准备好承担相应的责任。他需要一条狗，一条属于自己的狗。从另一个角度看，那条狗也一定正等着他。

16. 不明飞行物紧急救援

月亮像一盏挂在高处的巨大泛光灯，映出了山的轮廓，照得它成了一个大舞台。夜色很纯净，除了那只亮闪闪的眼睛，天空一片墨黑。

卢卡好不容易辨认出那颗小得像痣但闪闪发亮的金星，就听到布鲁诺问道："你看到带状猎户星座了吗？"布鲁诺的眼睛很犀利。

"哪里？"卢卡抬起头，仔细地在天空中寻找。

"月亮下面，在右边，就是那个由星星组成的不规则四边形……"

卢卡全神贯注地观察，他确实看到了一个亮闪闪的点，但带状的不规则四边形……老实说，真的没有。"对不起，你哪来这么好的视力，布鲁诺？"他开玩笑地问道。

"训练出来的。"布鲁诺立刻回答道。

卢卡沉默了，他不认为是训练出来的。布鲁诺和他的狗一样，极具天赋：他的狗在一英里外就能嗅到气味，而布鲁诺也比常人看得更多更远。他们俩是出色的一对，否则也无法解释他们之间的默契。如果一定要说是训练出来的，也是技术和天赋的结合。一个能搜寻线索的灵敏的鼻子；一双在微弱的星光下，能看清模糊影像的锐利的眼睛。对于搜救工作来说，这两者缺一不可。带状猎户星座！卢卡掏出手机，对着天空：星空图给他展示了一个不规则四边形，现在他也看到了。

布鲁诺这次没有批评他。他盯着卢卡的手机屏幕："挺有趣，怎么才能有这个功能？"

"你的手机没法用。"

"我不只这个手机，还有一个像你那样的，只是工作的时候不拿出来。"

"啊。"

"也许今晚用得着你的星空图。"男人让步道，他的语气更加放松温和了。很可能是因为这次不是卢卡打电话给他，求他带自己参加救援，而是他来找卢卡的。这次的失踪者跟卢卡年龄相仿，他跟父母说去赴约，但从昨晚开始就失踪了。布鲁诺希望卢卡能帮得上忙。

"他父亲在早上六点的时候报了警。在此之前，他都以为儿子会回家，你知道你们年轻人的作息……"布鲁诺对卢卡解释道。卢卡有些懊恼，但他竭力克制住不让自己反驳：什么你们？他和那个失踪者什么时候成朋友了？但争辩也是徒劳，卢卡知道布鲁诺是怎么想的："你们年轻人"就像一个类别，是单独的一类人。也正因为如此，布鲁诺认为卢卡能更好地理解那个失踪小伙子的行为。也许他是离家出走，当所有人到处找他的时候，他很可能已经逃到了法国或者瑞士，谁知道他哪来的这种念头。

"他不可能是离家出走吗？也许他学习很差，想要逃避口试……"卢卡假设道。布鲁诺点点头表示同意，他的神情十分严肃。"警察们也这么说，但似乎和学习无关，否则他不可能星期五晚上逃走，应该等到星期一才对。"

"为了女孩吗？"卢卡猜测道，他的脑海里迅速闪过埃莱娜的影

子。埃莱娜那种类型的姑娘就很可能会绑架这个可怜的男孩，或者说服他离家出走。

"他没有女朋友。"布鲁诺简洁地回答道。这段对话发生在他们开车去卡斯泰尔德尔皮亚诺的路上，男孩就是在那里失踪的。从卢卡家到这里，要开两个小时。他们先上了高速，然后在乡间小路上蛇行，

循着红色落日留下的痕迹一路向前，直到天空中升起一轮庄严的白色月亮。月亮仿佛是一个被吹得鼓鼓的气球，下一秒就会爆炸。

布鲁诺每次打电话，态度都很生硬，而且恨不得马上挂电话，昨天也是。他只在电话里跟卢卡说有个新行动，或许卢卡能帮上忙，但事发地有点远。

这让妈妈难以接受，因为哪怕到了周六卢卡也不和朋友们出去玩，而是跟高山救援队去寻找某个精神错乱的失踪者。她确信卢卡一定是得了心理疾病，才会如此执着，连医生也这么跟卢卡说。只是他很慎重，明智地建议卢卡的父母不要过多干涉。因为如果卢卡只是星期天天一亮出去，而回家时心情愉悦、面色红润、充满活力的话，也没什么不好。但现在他晚上出去，还夜不归宿，一定是病情加重了。

妈妈想要跟布鲁诺好好谈一谈，至少了解他是谁。因为迄今为止，她只知道布鲁诺是卢卡的救命恩人。幸运的是，除了爸爸表示反对外，天使玛利亚·琪娅拉也站在卢卡这边。他们几乎异口同声地指出：卢卡已经不是小孩，他能独立思考；他在业余时间，不去城里瞎逛，而去参加志愿活动，应该得到表扬才对。卢卡姐姐的原话是：值得表扬。她的声音因为激动稍稍有些颤抖。卢卡从来没想过，玛利亚·琪娅拉会成为自己最坚定的支持者和帮助自己的骑士。

布鲁诺对那个失踪者的大概描述是：成绩不错，沉迷网络，没有女朋友，也没有朋友，很少出门。除此之外，他住在一个只有几千人的小镇里。总之，就是个书呆子，而且是一个沉迷外星人研究的书呆子。星期六，他的父母、亲戚、宪兵和村子里的人找了他整整一天。卢卡坚信，这个失踪者肯定没什么脑子，准确地说，应该是精神不正常。

"你能想象得到，有几百号人在那里走来走去吗？"快到目的地的时候，布鲁诺说道，"他们发现光靠自己无法解决问题时，才打电话给我们。他们甚至让猎人们带着狗去搜，但不是每条狗都能成为搜索犬……"

"对，当然了。"卢卡点点头表示赞同，他差点就用讽刺的语气说出：比如也有人认为所有年轻人都是一样的……但他把这句话压在嗓子里，转而问道："这个男孩叫什么名字？"

"乔苏埃。"

"对了。"卢卡推理道，"这个乔苏埃没有写下任何留言或者告诉别人他去哪里吗？"

布鲁诺叹了口气："似乎没有。"

话音刚落，他们就到了村庄。高山紧急救援队的车停在树林边的空地里，月光把这块巨大的空地染成了银白色。卢卡他们也把车停在空地上，然后抬头仔细看天空，观察带状猎户星座。与此同时，协调员给爱犬人士救援组划分了搜索区域。卢卡突然想到一个主意，他掏出手机，想看看乔苏埃在 Facebook 上有没有账号，他觉得不可能什么信息都找不到，也许乔苏埃只是没有用真名而已。

"布鲁诺，你有他父母的电话吗？"

"当然有，你想干吗？"

"你帮我打个电话，我有很重要的事情要问他们。"

布鲁诺皱皱眉头："你想问什么？我来打电话问。"

卢卡不耐烦地抗议道："布鲁诺，对不起，你让我来是因为我也是年轻人，你想让我帮忙。那现在你为什么不让我发挥作用？"

布鲁诺把号码递给他，嘟嘟囔囔地说道："我们跑这么远来这里，可不是为了打电话聊天……"

卢卡给了他一个爽朗的微笑："我知道，拜托，相信我。"

然后他对着手机，从容地说道："喂？请原谅……是的，我是乔的朋友……是的，我知道他失踪了……"布鲁诺竖着耳朵听卢卡打电话，同时向他投来了一个好奇的眼神。

"啊，真的吗？是的，非常感谢，我过去看看。"

挂了电话后，卢卡非常自信地对布鲁诺说："布鲁诺，把汽车借我用用，我去镇上找那些年轻人聊聊，他们都在咖啡店等消息。"

"乔？"布鲁诺问道。

"你觉得我们年轻人会叫全名吗？"卢卡讽刺地回答道，故意在"我们"两个字上加重了语气。

布鲁诺没说话，他匆忙从车里拿出了急救装备，然后把车钥匙交到卢卡手里，生硬地说了一句："如果晚了，打电话给我。"

佐罗在空地上跑来跑去正在做热身运动，仿佛马上要参加比赛，他的影子像拖在地上的斗篷。当卢卡发动汽车时，佐罗停了下来。它抬起头，远远地注视着他。车前灯照在佐罗脸上，它的瞳孔闪闪发光，它仿佛变成了一个夜间游荡的精灵。它把这个重任交给了卢卡："卢卡，轮到你了。"

17. 猎户座 α 星

这是一个典型的乡村咖啡厅，塑料桌椅杂乱地放在外面，门上方挂着一块招牌，上面写着"老糊涂咖啡馆"。谁知道店主是个什么样的人，卢卡想。天气还没转热，但年轻人都聚集在外面。有些坐着，有些手里拿着大啤酒杯站在桌前，有些在抽烟，有些拿着手机正在低声说话。这其中也有几个女孩儿，但很少，她们穿着和男生一样的牛仔裤和羽绒服，混在人堆里。这些年轻人看上去闷闷不乐，这点倒和城里的年轻人差不多——周六晚上在市中心餐厅里吃饭的年轻人脸上也往往带着忧郁的表情。如果气氛不是那么冷清，再来点音乐的话，他们也许会可爱得多。但咖啡厅门口的那两盏用来照亮招牌和大门的小灯，以及街道上的黄色路灯营造出了一种墓地般的氛围。

"你们好。"卢卡把手插在牛仔裤口袋里，他想用谨慎的开场白加入这个群体。其中有几个人向他打了招呼，但有几个没有：他们似乎并不友善，对新加入的人也不感兴趣。所以，卢卡只能平淡地作了下自我介绍："我是乔的朋友。"这时传来了一个不耐烦的声音："你该死的到底是谁？"

"谁……的朋友？"一个男生反问道，他已经快忍不住笑出声来了。他的脸上长满青春痘，看上去最多十六岁。卢卡的表情仍旧很严肃，他耸耸肩，让对方意识到自己比他年长。

"我是乔苏埃的朋友。你认识他吗？"

"班迪吗？失踪的那个？"另一个男孩问道。卢卡终于看清了这些年轻人的脸，他意识到他们都比自己小。跟他们一比，自己简直是个老头子。然后卢卡冷漠地确认说："是的，就是他。"

"你怎么会认识他？"一个女孩问道，她饶有兴趣地盯着卢卡。

"我是他的外星人朋友之一。"卢卡终于开了个玩笑。

这个玩笑化解了那些年轻人脸上最初的冷漠，取而代之的是窃笑。有个女孩甚至夸张地大笑起来，另外还有人嘟囔："拉倒吧，他也是个疯子。"

"他没对你们任何人提过，他要离家出走吗？"卢卡站在那里问道。

一个声音充满疑虑地回答说："宪兵队的上士已经问过我们了。"

"他也没在 Facebook 上留言。"刚才那个女孩低声说道，她满眼温柔地看着卢卡。

"对。"卢卡装作知道这个情况。然后他用一只手托住下巴，假装突然想到一个主意："他现在有更新吗？你刚查过吗？"

"没有，你说得对，等等。"女孩回答道，她迅速在手机里输入了网站的地址。猎户座 α 星，这算什么名字？卢卡想道。他用余光扫视了一下女孩的额头，她已经冻得瑟瑟发抖。卢卡假装不小心把一只手放在女孩的肩膀上，因为他想起来："女孩们情绪一激动，就会打开话匣子，说个没完没了。"

"不，还是和昨天一样。"女孩的声音有些颤抖，"宪兵队也调查了他的 Facebook，进行了讨论，还询问了我们每个人，但没人知道班迪脑子里在想些什么。他个性非常古怪，你应该知道。他沉迷于外星，你知道我们叫他什么吗？UFO。"

卢卡看着她，心照不宣地笑了，顺便瞄了一眼乔苏埃的 Facebook 页面：有关外星生物的图片和视频，胡言乱语的文章。谁知道是疯子乔自己写的，还是从别的书上或者杂志上抄来的。

比如这个引用："我看到了你们人类想象不到的东西……"这是《刀锋战士》里的一句话，很多喜剧演员都会在电视节目里引用这句话，所以哪怕没看过《刀锋战士》的电影或者书的人也有所耳闻，卢卡就是其中之一。另外还有一句："多维空间里，既没有空间概念也没有时间概念，既没有物质也没有能量，既不是存在也不是虚无。当某个瞬间被扭转时，整个银河系就能一下子被跨越。"卢卡好像在哪儿读过这句话，也许是阿利莫夫的书里，阿利莫夫也是乔苏埃最喜欢的作家之一。

卢卡觉得，乔在网上摘取了很多书的片段拼凑在一起，用来宣泄自己的情绪，谁知道呢？这里并没有他原创的东西，只有几张他戴着面具的照片。照片里的他如同中世纪骑士和太空生物的混合体：脸上带着怪兽面具，身体裹在一件假的橙色制服里，脚上穿着皮靴，肩上系着一块银色斗篷，手里拿着一支长矛。他在昨天，也就是离开家之前，发布了最后一条状态：星际世界和宇宙战争正等着我们。太夸张了！卢卡在心底评论道。在乔苏埃眼里，通往星际世界的大门到底在哪里？树林里？为什么不呢？电影里很多外星人都会降落在树林里。

"也许他真的被外星人绑架了。"女孩在卢卡耳边窃窃私语道。

"你相信有外星人？"卢卡盯了她儿秒，然后用神秘的语气问道。

她的眼里燃起了火焰，回答道："差不多……也许你就是一个外星人。"她居然撒娇了。卢卡吓得果断走开，他一边走一边说："你再想想，我去拿杯啤酒。"

卢卡听到身后传来了让人窒息的评论声和笑声，感觉所有眼睛都盯着他。这有点像他走进低年级教室，向教授提问时的场景，二十几双眼睛直直地盯着他，而等他一出门，沉默瞬间变成了窃窃私语。

这间咖啡厅的"老糊涂"其实是一个年轻力壮的女人，不过她暴躁的神色倒是很符合"老糊涂"这个名字。她和市中心某些餐厅里的服务员截然不同，那些服务员长得很漂亮，化了精致的妆，经常一边和顾客开玩笑，一边在长柜台后调开胃酒，但这个咖啡厅里笼罩着浓浓的忧伤。里面坐着一些成年人，他们正面对墙上挂着的超大屏电视机，观看一个搞笑的舞蹈节目。当然，总少不了几个小孩跑来跑去，高声叫嚷，为这幅画面增添一丝趣味。卢卡点了一杯啤酒，他想，乔一定是离家出走了。他在手机里输入了几个词：猎户座 α 星、星宿、带状……

　　猎户座 α 星就是不久之前布鲁诺指给他看的那个猎户星座里的某一颗星星。这绝不是巧合，因为带状猎户座正好悬挂在这个镇子上空，谁知道乔苏埃在这方面幻想了多久。天空比孤独的地球好多了。乔苏埃必须在地球上等待外星信号，也许宇宙飞船会在月圆时分降落在地球上，把他带走。他是唯一被选中的地球生物，但他不认为自己是星际世界里唯一被选中的生物。在这个镇子里，可怜的乔被当作怪人，但他认识一大批信仰外星生物的人，他在那群人里获得了安慰。他在 Facebook 上有很多朋友，所有人都用星宿或者神话故事里的人物命名：估计宪兵们在寻找线索的时候，也快被逼疯了，他们担心这个小镇的飞碟专家被哪个疯子拐走了。但卢卡认为这一切都是猎户座 α 星自己干的，他正独自待在某处，静静等待宇宙射线的降临。这次佐罗真的需要人类的帮助：狗对于这些幻想是无能为力的。

　　当卢卡回来时，布鲁诺和边境牧羊犬还在外面执行任务，他有了一个主意。他拿起布鲁诺给他带的头盔和手电筒，穿上了反光服，朝厢式货车走去。乔在外面待了一天一夜，他很确定外星人今天夜里会来。很可能昨天晚上他弄错了，他看到月亮圆了，以为已经是满月。但事实上，今晚才是。此刻男孩应该迫不及待地等待着，他在外面待了这么久，又冷又饿又累，脑子很可能已经迷糊了。中世纪的苦行僧就会用这种方式激发自己的幻觉。

　　卢卡认为，男孩一定躲在某个山洞里，很可能是他认识的一个地方：山洞是自然之门，很适合做通往星际空间的大门。在乔苏埃的

Facebook 里，卢卡看到了刻有玛雅图案的门和凯旋门的图片，它们都用来通往星际空间。乔肯定去找最近的一扇门了。可当卢卡询问周围是否有山洞的时候，有一个年轻人主动说，消防员白天把两个山洞都检查过了。对，但也许是出于谨慎，白天乔躲在某个离山洞很远的地方。太阳一下山，他就回到山洞里，等待宇宙之门开启。

马克和杰克休息了几个小时，准备重新开始工作，他们的任务是搜索两个区域。卢卡问马克，那两个山洞是否在他们的搜索范围内。

"在 C 区边缘。"马克解释道。

"不能从那两个山洞开始找吗？我肯定他躲在其中一个山洞里，他正在等待一束强烈的月光。月光能打开通往另一个世界的大门，能带他去见真正的外星人。"

马克吃惊地看着卢卡，似乎没有听懂。卢卡坚持说道："我认为，他既没有受伤也没有摔下山崖，他只是在等待某件事情的发生。"

"这只是你的看法。"最后男人说道。很明显，这是他委婉的说法。他的真实想法是：你简直是异想天开，我们不靠幻想工作，我们要基于数据，寻人是一件很严肃的事情。

"是的，不过我的看法也是在研究了我朋友乔在 Facebook 上发布的内容后形成的。"

"你朋友乔是谁？"马克疑惑地问道。

"就是我们找的那个人：乔苏埃，乔，也叫 UFO 或者猎户座 α 星。"

"你怎么知道这些的？"男人问道，他开始感兴趣了。

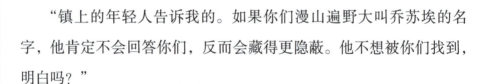

"镇上的年轻人告诉我的。如果你们漫山遍野大叫乔苏埃的名字，他肯定不会回答你们，反而会藏得更隐蔽。他不想被你们找到，明白吗？"

"一点点。你想怎么做？布鲁诺已经出去找了，但如果你能说服我，我就带你去。"

"我们在头上戴两个电筒，从山洞开始找。我相当肯定，这小子就躲在那里。一旦杰克也确认他在山洞里，我们就用我的方式叫他。"

马克沉思了一会儿，最终接受了："我同意，就从山洞开始找，反正也差不多，说不定你分析得对。"他转过身，给他的狗布置任务："唉，杰克，我们去找那个小孩，好吗？我们走！我们能找到那个小孩，是吗？快，杰克，去找那个小孩，去找他！"

杰克张开嘴，抬起头，竖起耳朵，发出一声短促的嚎叫：是的，我会找到他，我向你保证，马克，我肯定能找到那个小孩。

杰克迅速向前冲去。在月光的照耀下，它乳白色的身体仿佛一个贴着地面飞行的鬼魂，正准备去搜寻人类的踪迹。

树林里不算暗，但卢卡故意打开了安全帽上的电筒，两束光就像镭射刀一样锋利地刺了出去。假设乔在某处看到这两束冰冷的、具有穿透性的光线，肯定会心潮澎湃。他长久的焦急等待终于得到了回应。

很快，他们就到了山洞附近。杰克抬起鼻子嗅了嗅，然后转过头。在它继续往前走之前，岩壁上的山洞里传来了一个激动的声音："哎呀……"

卢卡深吸一口气，大声喊道："猎户座 α 星。"同时，把两束头灯光线对准山洞。

里面的声音回应道："是的，是我。"

马克向杰克轻轻打了个口哨，杰克很听话地坐在他身边，静静地观察这一幕。

卢卡又大声喊道："我是猎犬座，快快现身。"

在两盏 LED 灯的照射下，失踪的小男孩不知所措地从山洞里走出来，他身上正裹着照片里那件银色斗篷。他一动不动地盯着照在他身上的圆锥形光线，明显被吓傻了。

"你们是来接我的吗？"

马克冲上前："你别动，我上来。"没几秒，他就爬到了山洞口，杰克像箭一般地冲到马克前面。杰克身上穿着发光的背带，脖子上挂着发光的项圈。乔一下子无法接受眼前的一幕：一个黑影朝自己走来，它如同独眼巨人波吕斐摩斯，头上射出的光线晃得人睁不开眼。另一个发光生物在地面上灵活跳动，发出了可怕的铃铛声。卢卡看到男孩重重地倒在马克的怀里。

佐罗浑身湿透了，它抖了抖身子。为了寻找失踪的小男孩，它甚至爬进了一条小溪里，还惊扰了一群鸭子，因为它在小溪的下游找到了乔苏埃的气味。"他虽然疯，但挺谨慎。"布鲁诺评论道。他们发现男孩带了食物出门，还把装着生活储备物的背包挂在小溪旁的一棵树上。

布鲁诺和卢卡看着没有开警报器的救护车越开越远。乔的体温过低，已经神志不清，他不断嘟囔着猎犬座来接他，带他去参加星球大战。布鲁诺问卢卡："他说的那些名字是什么意思？"

"银色骑士，是漫画人物，不知道你是否了解现在的……"卢卡试图解释。虽然他也明白布鲁诺不可能知道，所以没等布鲁诺答复，他就继续说道："是一部星际小说里的人物。乔给自己取名叫猎户座α星，和漫画里猎户座骑士的名字一样。为了能找到他，我当时说自己是猎犬座。"

"一个关于骑士的故事……漫画？"布鲁诺好奇地问道。香烟的火光在寒冷的夜里亮了起来。

"漫画，是的，日本漫画。"

"年轻的时候，我也看漫画，不过我还以为已经过时了呢。反正佳达不爱看。"他迷惑不解地说道。

"因人而异。《星座骑士》是给小男孩看的漫画。"卢卡确认道，"我小时候，在电视里看过这部动画片。所以当我看到乔的网页时，马上回想起来了。"

"我们原本也能找到他：他躲在山洞里，狗肯定能找到那里。"布鲁诺特地申明道，但又马上补充说，"不过幸好有你，我们才能这么快找到他，而且他还非常清醒，安然无恙。当然，如果我们能把相信银色骑士存在的人，定义为健康人的话。干得漂亮！"他笑着在卢卡

的肩膀上拍了一下。

卢卡心里涌起了一阵极大的喜悦，让他差点喘不过气来。"谢谢。"他含糊地说道。这种喜悦感和成就感比投了个好球，得了个好分数，从滑雪场高处快速滑下来时的感觉都要强烈。他望望头顶的月亮，它就像佐罗的小黄球，在广阔无垠的天空中越飞越高，越走越远。可卢卡不用去追赶那个发光的球，因为他感觉自己已经把它装进上衣口袋里，此刻它正在自己心脏的位置跳动。

18. 独行侠

玛丽欣喜若狂：她终于成功了！她原本已经处于绝望的边缘，深深怀疑自己到底是否能给小狗狗和小饼干找一个家。就在这时，一个男孩在 Facebook 上给她留言，说想来看一下两只小狗。男孩刚到救助站的停车场，还没把车停稳，玛丽就穿着胶靴冲出来迎接小狗们的救世主。玛丽深一脚浅一脚地往外走，把泥巴溅得到处都是。她很高兴来的是个男孩。玛丽看了他 Facebook 上的简介：十九岁，还在上高中，是名运动健将。简直太完美了！玛丽认为，最后的两只小宝贝既聪明又审慎，除了这个男孩之外，她再也找不到更合适的人来做它们的主人了。也许正是因为比起其他小狗，玛丽对这两只更了解，所以才会把它们留到最后。也许其他已经被收养的小狗，也拥有类似的特征，只是玛丽没察觉。鲁迪自称是太妃糖的妈妈，她是唯一一个还在给玛丽发信息的人，但频率也越来越低。她会定期给玛丽发太妃糖和她的孩子们一起在家里或者在花园里玩的照片。太妃糖很可能永远都只能是一条小狗，为了取悦它的主人而活。

但如果这个男孩能收养最后两只小狗，视它们为朋友的话，就真的太幸运了，简直是上天的恩赐，玛丽想道。他不会把狗当作小孩，而会尝试与它建立一种平等的关系：所有的小狗崽都应该拥有一个小男孩或者小女孩作为朋友。

总之，玛丽喜出望外，所以汽车一转弯，还没停下来的时候，她就穿着沾满泥巴的胶靴，摇摇晃晃地跑了出来。她举起一只手挥了挥，正是这个动作，让她一下子失去了平衡，她的一只脚止不住地往前滑。为了不让自己跌倒，她像旋转的风车一样挥动双手，差点就做出了一个体操里的劈叉动作。她觉得这个过程仿佛持续了一整个世纪那么久。但要感谢这个奇怪、可笑的动作，她竟然奇迹般地没有摔个四脚朝天。

卢卡从车上走下来，他已经笑得直不起腰了。玛丽正暗自庆幸自己没有摔倒，但看到卢卡笑话她，就凶狠地瞟了他一眼。但她很快被卢卡的笑声感染了，也跟着笑了起来，顺便释放了因喜悦而产生的过多的肾上腺激素，也就是差点害自己摔倒的罪魁祸首。她向卢卡走去："你好！看看我用多大的礼迎接你！"

"不，等等，等等……"卢卡说道，他还没喘过气。他深深地吸了一口气，但又忍不住大笑起来。最后他擦了擦眼泪，含糊地说道："对不起，对不起……我实在是忍不住……非常抱歉。"

"没事，你笑吧。这是我们救助站让客人开心的方式。"玛丽欢快地回答，"马戏团的小把戏，客人高兴就好。"

卢卡终于喘上了气，他咳了几声，又吸了一口气："哦，太搞笑了。我好久没笑得这么开心了。"

"很荣幸能把你逗乐。"玛丽回答道。尽管她脸上挂着笑容，但难免有些生气。

"不，对不起，对不起，我并不想冒犯你。我还以为你会摔个四脚朝天，这实在太令人难以置信了。"

玛丽耸耸肩："这就是多年练习艺术滑冰的成果。"

"真的吗？"卢卡的脸上终于露出了兴致。刚才拔车钥匙时看到的那一幕，让卢卡只当玛丽是一个蹦蹦跳跳的"稻草人"，想不到她也有很女孩的一面。

"开个玩笑。我小时候确实学过滑冰，但现在一个动作都不记得了。我叫玛丽，欢迎你。"玛丽伸出右手，露出一个灿烂的笑容。

卢卡握住她的手。她的眼睛长长的，脸型是杏仁形的，几簇褐色的直发散落在肩膀上。他向玛丽投去一个赞赏的眼神，还拿出哄女孩子的那套，夸奖玛丽温和、善良、讨人喜欢、乐于助人。但玛丽反应平常，既没脸红也没偷笑、眨眼睛，更没有像其他女孩子那样，一边热切地盯着他，一边拨弄头发——虽然她确实正盯着自己看。这个女孩很成熟，也应该很坚强。她差点在泥里滑倒，但经过圣维特斯舞蹈症一般的挣扎后，居然稳住了。而且她并没对自己放电，还懂开玩笑，也就是说很难让她为自己着迷。

"过来，我带你进去。"她对卢卡生硬地说道。

"谢谢，但你要小心……"卢卡指着地上的泥，想再跟她开个玩笑。

"我对这个地方很熟。"她回答道，然后又补充说，"我刚才忘了

自己穿着胶靴，才会犯错。"

"对，当然了。"卢卡立刻表示赞同，以此隐藏自己的本意。这时从围栏里传来的犬吠声吸引了他的注意力。"这里一共有多少只狗？"他惊讶地问道。

"十来只。"

在那个低矮的建筑物门口，卢卡看到一只狗，它长着矮胖的腿，星月形的尾巴，仿佛是一座被赋予了生命的雕塑。它摇着尾巴，抬起脸看着高处，耳朵垂到了地上。卢卡看着它的眼睛，发现它拥有世界上最温和、最无助的眼神，内心很受触动。"唉，你好！你是谁呀？"卢卡问道。他蹲在这条狗身边，伸出一只手让它舔舔。

看到卢卡蹲下身子抚摸小母狗，玛丽又开心起来了。"它叫莫利，是我们的吉祥物。"她的语气也缓和了下来。

"莫利，你知道自己有多可爱吗？"卢卡赞赏道。他站在门口，温柔地抚摸莫利。莫利眉飞色舞，它翻过身子躺在地上，把肚皮和爪子对着天空。

玛丽看到莫利这么快就投降了，无奈地摇了摇头。但又怎么能怪它呢？卢卡是个让人无法抗拒的男孩：笑容温暖，个性直爽开朗，脸庞俊俏帅气，眼睛炯炯有神，头发柔软，让人忍不住想触摸……够了，玛丽命令自己道。这个男孩比你小，而且他来这里是为了一个非常重要的目的：收养其中一只小狗。如果你能说服他的话，或许会带走两只。但如果你想扮花蝴蝶，就会功亏一篑，何况你从来也演不好这个角色。你应该坚定不移地做好流浪狗救助站志愿者这份工作，两只漂亮、聪明的小狗的命运现在就掌握在你手上。

"进去吗？"玛丽的语气又变得生硬了，简直像军人在下达命令。

"当然。"卢卡抬头看着玛丽，回答道。这一眼居然让玛丽颤抖了一下，天知道为什么。他的眼神天真、随意，也许正因为如此，玛丽看到了卢卡心中的感性，他刚才并不是为了打动谁或者诱惑谁，而是还沉浸在抚摸莫利、和莫利一起玩耍的快乐中。

玛丽的嗓子被堵住了，她清了清喉咙。"它们在这里。"她打开办公室的门，宣布道。小狗狗摇着尾巴等在门口，它动了动鼻子，短促地叫了几声，蓝色的小眼睛始终盯着卢卡。而小饼干仿佛是一个灰色的毛球，朝他们滚过来。它的腿胖嘟嘟的，肚子快贴到地上了。

"它们太可爱了！"卢卡感叹道。玛丽觉得自己快笑得合不拢嘴了。

"是你把它们养大的吗？"卢卡问道，语气中充满了赞赏。

"是的，两个月前有人在垃圾桶里发现了它们，把它们送到了这里。"

"就是它，对吗？《少年心气》。"卢卡指指小狗狗。小狗狗也似乎正在倾听这段对话，还时不时用叫声回应几句。

玛丽点点头："是的，闹着玩而已。"

"也不算。"卢卡回答道。他弯下腰，摸摸小狗狗。这时候小饼干跑了过来，它也想一起分享卢卡的抚摸。卢卡像苦行僧一样坐在地上，缩成一团："对我来说，这是一种信号。"

"当然，我能理解。"玛丽含糊地评论道。什么信号？她心想，但她不知道能不能问。她觉得这个帅气的男孩有点古怪，像吸血鬼或某个神秘团体成员。

"我的意思是，这首歌让我如痴如狂。"为了让玛丽安心，他解释道。

"是的，我之所以选这首歌，是因为两只小狗拥有惊人的嗅觉。你看到它刚才是怎么嗅你身上的味道的吗？"

卢卡突然转过头看着她：又是那种不羁的眼神。它深深触动了玛丽的内心，让她忍不住发抖。只是到目前为止，连玛丽自己也不知道为什么。

"真的吗？我猜到了。我就想找一只嗅觉灵敏的狗。我看了犬类养殖场的网站，也联系了狗舍。最后看了你那则广告，听到了那首歌……我的意思是那段动画。"

他边说，边抱起小狗狗和小饼干，继续抚摸它们。两只小狗似乎很喜欢他那双又长又有力的手。它们俩都闭上了眼，愉悦地享受卢卡的抚摸。卢卡是一个天生懂得拥抱和安抚的人，玛丽想道。她必须把眼睛从卢卡身上移开，她感觉胃里空空的，身上也燥热起来。在此之前，她从来没对任何男孩产生过类似的感觉。

快醒醒，玛丽，你怎么了？她责备自己道。当玛丽还是小姑娘时，看到电影里的男主角又帅又浪漫，还知道如何讨女孩子欢心，她就会产生这样的感觉。但在现实生活中，她从没遇到过哪个男生，可以让她如此心神荡漾。哪怕是和她约会过的男生，或者是她喜欢过的男生，都无法让她这么开心。卢卡拨动了她的心弦，还不止一根，是所有的，她的耳边似乎响起在父母家里常听的低音提琴独奏。

"我明白。"玛丽感觉喉咙很紧，似乎什么都听不懂了，但她努力回答道。

"它们俩都很可爱，但我必须带走这只公的。"卢卡说道。

突然，低音提琴的独奏声消失了。"为什么是'我必须'？为什么是公的？"玛丽粗暴地问道，语气中含有明显的敌意，仿佛是对着卢卡开了两枪。卢卡好奇地看着她，然后拿出了用来防御的态度，他用坚定的语气微笑着说："因为我需要一只公狗，和我一起从事男人的工作。"

玛丽咽了咽口水，她的喉咙打开了。她深吸了一口气，用嘲讽的目光掂量了一下卢卡，然后降低音调，怀疑地笑道："男人的工作是什么意思？"

　　卢卡咬住了自己的舌头：他为什么要告诉她，为什么要向她解释？这个女孩自视甚高，就跟卢卡的父母一样，总觉得自己比别人懂得多，实际上却目光短浅。她装得很成熟，但其实也就最多比卢卡大一岁，尽管她 Facebook 上的照片确实看起来比她的实际年纪大一些，但事实上只是个小姑娘而已。如果她不把自己打扮成稻草人，也还蛮可爱，可她套着一件又宽又长的毛衣，谁知道她长什么样。即便有可能是位绝色美人，但打扮成那样，谁会想追她？卢卡想对她说：你总有一天会明白的，小姑娘。你还在上大学，也许刚上大一，不要这么心高气傲。但实际上，卢卡只对她露出了一个冰冷、疏远的微笑。他没有透露内心真实的想法，没有告诉玛丽自己的生活是怎么样的，也没有向玛丽解释，他和他的狗将会拥有如何非凡的经历。他只是淡淡地回答："狗之间确实没有这样的区别，但我更喜欢养一只公狗，让它

成为我的朋友。"

"你还不准备接受女性？"玛丽脱口而出，但马上因为这句话羞愧不已。她疯了吗？这个男孩像和尚一样，平静地坐在地上，可他却对自己产生了这么大的影响。尽管他对玛丽毫不关心，却一会儿让玛丽为之发抖，一会儿又让她火冒三丈。

卢卡笑得前俯后仰。金灰色的小绒球从他的额头爬到了脖子上，正在蹭他的脖子，而小狗狗则在舔他的下巴。真讨厌，她已经完全失去理智了。

"不，我准备好了，但取决于接受哪位女性！"卢卡边使眼色，边感叹道。他的眼神伤害了玛丽，言下之意是：你并不属于能让我接受的女性。

玛丽举手表示投降，她很惭愧自己表现得如此心胸狭窄。"没关系，好极了。小狗狗非常棒，它肯定会成为你的好朋友。"她终于恢复了正常。

"我想给它换个名字，Poppy这个名字听起来像小丑。"卢卡把小狗狗举起来，说道。小狗狗叫了几声，表示赞同。

"不是Poppy，是Puppy，是u，只是发音发成a。"玛丽用小学老师的口气纠正道。真讨厌，她到底要多招人恨。卢卡生硬地回答道："好的，宝贝。Puppy，小狗狗，就像小狗狗式的爱，对吗？"

玛丽羞得面红耳赤。完蛋了！男孩揭开了她的面具：小狗狗式的爱是指青少年时期的爱。一见钟情，含情脉脉，天哪，太丢人了！她很困惑，一把将小饼干抱在怀里。小饼干正在大叫抗议，它也想得到卢卡的爱。玛丽盯着小饼干，带着怒气抚摸它。"如果你不喜欢的话，可以换。我指的是名字。"

"明白，但狗我可不换。总体来说，我是个很坚定的人，也非常忠诚。"

"啊。"玛丽把脸埋进小饼干的毛发里，恨不得立刻找个地洞钻下去。

卢卡和小狗狗四目相望："你知道你叫什么名字吗？独行侠。"

玛丽抬起头，好像刚从一个梦里惊醒："独行侠？"

"当然。"卢卡看了她一眼，带着谴责的语气说道。卢卡还没抱着小狗狗站起来之前，玛丽对他的看法就已经完全变了。他本人和他Facebook上表现得一模一样：一个满脑子想着漫画、电影的小男孩，沉迷于独行侠那样的虚拟人物，想寻找一条狗陪自己成长。其余的都是玛丽愚蠢的想象而已。

19. 嗅觉敏锐的混种犬

"这条小狗很棒。"布鲁诺赞叹道。小狗狗围着他，好奇地转来转去。"很漂亮的混种犬，眼睛像爱斯基摩犬，我相信它一定会成为一条非常厉害的搜索犬。"

卢卡为小狗狗感到自豪。他已经和小狗狗相处了十天，早就迫不及待地想展示给布鲁诺看。他和布鲁诺还在电话里商量好要约西蒙内见面：西蒙内和巴布是爱犬人士救援组最早的成员。

"西蒙内是我的导师，他教了我很多知识。直到今天，他还是我们的依靠，他是组里最有经验、最精通业务的。"布鲁诺向卢卡解释道，"也许你不记得他了，但能把你从雪坑里救出来，他也有功劳。"

卢卡很吃惊。刹那间，所有回忆都涌入了他的脑海："是的，有两只狗，对。"那时候，在他的幻觉中，确实有两位仙女。

"幸好有西蒙内，我们才能那么快找到你。就是他建议我，跟着佐罗的直觉走。你知道，我会犯错，但我的狗从来不会。"

"是的，当然。"卢卡又拿出了自己常用的客套话。

他们俩约了西蒙内在山顶的基地见面。到了基地之后，佐罗仍旧待在布鲁诺汽车的后备箱里。但小狗狗早已按捺不住，它在草地上跑来跑去，追赶像弹簧一样从草丛里跳出来的不知名的昆虫，借此释放因久坐行李架而被压抑的精力。

"它是爱斯基摩犬和黄金猎犬的混种，对吗？它的脸长得像黄金猎犬，但浓密的毛发、漂亮的灰色皮毛像爱斯基摩犬。"布鲁诺专业地评论道。

"对，它是杂种犬。"卢卡确认道。但布鲁诺转过头，纠正道："不，杂种是指不知道它的父母是什么种类的狗。它是混种，是黄金猎犬和爱斯基摩犬的混种。"

"事实上，它是个孤儿。救助站的女孩告诉我，那窝小狗被丢在垃圾桶里。"

"该死。"布鲁诺恶狠狠地咒骂道。

"幸好有人发现了它们。玛丽为所有小狗都找到了家。"卢卡在说这句话的时候，内心不由自主地产生了一股浓浓的温情，他想到玛丽救了那窝小狗，照顾了自己的小狗狗，并用一首歌，把小狗狗送到他身边。太厉害了，玛丽。不过可惜，她太自我，控制欲也很强。

"你和它都很幸运。快看它，天生适合从事这项工作。它对山有一种天赋，陡坡、雪地、雪崩都难不倒它。"布鲁诺罗列道，"它还能像黄金猎犬一样，进行水面救援。你看到它长着黄金猎犬的脚掌了吗？"

卢卡摇摇头。尽管这几天除了和他的小狗玩，卢卡没干别的事儿，他也还没用科学的眼光观察过小狗的所有特征。在这方面，他需要布鲁诺的帮助。

从不远处传来的汽车发动机声吸引了卢卡和布鲁诺的注意力。小狗狗正在草丛中疯狂地嗅来嗅去。它一听到这个声音，也高高地抬起了头。从车上下来一个高大健壮的年轻男人。卢卡十分吃惊，他以为爱犬人士救援组里资格最老的成员一定已经上了年纪。

"你好，卢卡，你怎么样？"男人直直地看着他，向他打了个招呼。现在他就站在卢卡面前，卢卡也依稀记起来了。那天夜里，卢卡肯定没见过他的脸，却用其他感官记住了他。犬类拥有神秘的嗅觉，但我们人类，谁知道靠的是什么。也许是因为当卢卡握住西蒙内的手感谢他的到来时，卢卡的心跳加速了。

"感谢我，卢卡，开什么玩笑？我很高兴能来。就是那条狗吗？"

小狗狗正竖起耳朵，盯着西蒙内，它的鼻子一颤一颤。

"是的，就是它。小狗狗！过来，小狗狗！"卢卡叫道。小狗狗朝三人飞奔过去。

"布鲁诺跟我说，你需要有人帮助你训练它。"西蒙内说道。他看到卢卡任由小狗狗抓着他的牛仔裤往他腿上爬。

"是的，我很想学，也想教小狗狗技能。"卢卡回答道。布鲁诺和西蒙内快速地交换了一个眼神，似乎在说："我跟你怎么说来着？这男孩有天分。"当然他们之间的交流并没有逃过卢卡的眼睛。

"好极了，卢卡。那么听着，狗绝不可以爬到你身上，绝不。记住这第一点，它不能爬到你身上去。"

"啊，是这样啊。"男孩沮丧地回答。

"别泄气。"布鲁诺慈祥地插嘴道，"面对可爱的小狗，所有人都会犯这个错。只是你要记住怎么做才是对的。"

"是的，这很明显，卢卡。"西蒙内直接对卢卡说道。他长着一张很开朗的脸，深色的眼睛炯炯有神。"你必须像教育小孩子一样，教育它们。而且每天都要教它们，不能三天打鱼两天晒网，你明白吗？"

"当然。"卢卡点头道，"就像所有人都要遵守规矩。"

"聪明。只是这次由你来定规矩。你每天都要教小狗狗，哪些事能做，哪些事不能做。当你对它说不行时，态度要很冷漠。比如跳到身上，不行！"

"我想狗不应该跳到任何人身上。"

"绝对不行，狗绝对不应该把爪子放在人身上。"

"所以，不行！"

"对了，你千万不要长篇大论，那样狗会犯糊涂，它理解不了。你得用简单的词语，而且每次必须用同样的词加手势：坐下，出去，趴下……你们得相互理解。"

"我必须命令它吗？"卢卡问道。从他的语气里，能判断出他对做老大和发号施令的反感。因为他养狗，完全是为了另外的目的！

布鲁诺插嘴说："不是命令，是引导。如果有人养狗，是为了命令

它干活，那这个人一定不爱狗。"

西蒙内笑了："谢谢，布鲁诺。我们简直是英雄所见略同。你知道，我们叫自己指导员，狗的朋友。"

"你会让朋友命令你，掌控你吗？"布鲁诺问道。

卢卡笑着说："当然不。"他放松了下来。他很高兴能与布鲁诺和西蒙内聊天，因为他们能很好地理解自己。

"好的，所以你千万别被狗掌控了。特别是刚开始的时候，它会挑衅你的信心，破坏你立下的规矩。它们会让你把餐桌上的食物喂给它们吃，还会把球叼过来……"

卢卡有点尴尬。"您知道……就是说，我已经犯错了。"

布鲁诺和西蒙内笑了起来，然后西蒙内指着小狗狗，重申道："是的，所有人都会犯错！你要注意，不会犯错的是它们。"

佐罗轻轻一跳，从后备箱跳到了地上，它闻了闻空气。小狗狗飞快地跑到佐罗身边，一边朝它摇尾巴，一边高兴地对着它叫。佐罗嗅了嗅它：好孩子，它身上有卢卡的味道，卢卡是它的朋友，那它也是

我的朋友。

你想赛跑吗，小东西？快，跟着我。佐罗和往常一样，箭一般地冲了出去。它在草地上奔跑，长长的草像波浪一样随风摆动，把它整个身体都盖住了。小狗狗一面叫，一面追赶佐罗："我跑不快了，等等我。老大，等等我，唉，你跑到哪儿去了？"

一个头从草丛中探出来：是佐罗。它很快叫了一声。小狗狗也出现了，但跟在很后面。小狗狗嗅了嗅空气，然后为了赶上它的新朋友，继续往前跑，同时不停地叫着："我来了，我在这里！"

佐罗跑了半圈，又回头朝小狗狗跑来。小狗狗跳了起来，扑到草地上打滚。佐罗也在草地上翻滚起来。田野、湿气、长满花骨朵的土地、花朵、蜗牛的黏液、苔藓、植物的根，这些气味令人陶醉，往它们的肺部和大脑注入了愉悦感。佐罗似乎在对小狗狗说："朋友，这就是生活，好好享受吧。"

小狗狗停了下来，它跳到佐罗身上："哎，冠军，能教教我怎么才能像你一样厉害吗？"

佐罗站了起来，它摇摇头："慢慢来，小东西，这需要时间，你先跟着我，让鼻子热热身。你闻闻这是什么？这是野鸡的气味，一大早它就出现在茂密的草丛里。另外这个呢？那是狗的气味，它们穿过了树林。两只母的，一只公的。然后那是人类的气味，你闻到了吗？"

　　佐罗竖起耳朵，它听到了口哨声，于是立刻飞奔回来。小狗狗也跟在佐罗身后跑回来，它跑得很吃力，但尽量想跟上佐罗的步伐。

　　"来这里，佐罗。"佐罗在布鲁诺身边躺下，布鲁诺示意卢卡开始训练。

　　西蒙内把小狗狗抱住，不让它动。与此同时，卢卡走到了几百米开外的地方。"快去，小狗狗，去找卢卡！"男人把它放开，命令道。

　　卢卡，卢卡，小狗狗想道。它叫了起来："卢卡，卢卡！"他在附近，非常近，到处都有他的气味。他在下面，小狗狗看到他了。"卢卡！卢卡！"小狗狗又叫了起来。

　　"真棒，小狗狗！"卢卡拥抱了它，"我们让他们看看，你比这聪明得多，好不好？加油，就是我们在车库里做的游戏。"

　　小狗狗用尖尖的小眼睛盯着卢卡，舔舔他。他们走回去之后，卢卡提议道："我可以做一次难度更大的尝试吗？"

　　"这是第一次，不要逼它。首先它必须明白游戏的内容。"西蒙内建议道。

　　"它知道游戏怎么玩：它必须找到我。我们每天都在训练。"

　　"但环境不一样，你们不是在家里。这里有它不认识的、会刺激它的气味。"布鲁诺警告道。

"但我想可以试试，反正我们已经在这里了……"西蒙内同意了。当他准备抱住小狗狗的时候，卢卡已经走远了。然后，卢卡吹了一声口哨，西蒙内把狗放开了。小狗狗往前跑去，停下来嗅嗅空气中的气味，把脸转来转去。

　　"卢卡，你在哪里？卢卡？"这不是家里，这是户外。户外给人美妙、舒适的感觉，小狗狗能在这里闻到好几百万种气味，而卢卡的味道只是其中的一个小碎片。在这里，虽然很细微，但小狗狗找到了卢卡的气息。小狗狗抬起头，观察草的另一边，继续嗅来嗅去，另一块属于卢卡气味的碎片，那里还有第三块。它狂吠起来，想叫卢卡出来："你在哪里，卢卡？你躲在哪里？"

　　小狗狗看到在地上跳来跳去的蟋蟀、藏在硬壳里的蜗牛、爬行前进的蠕虫和混进草丛里的小苍蝇，但这些小生物根本不知道卢卡在哪里。卢卡太高大，不可能蜷缩在它们身边。卢卡很高，他一站起来，就会超过草丛。他走路的时候，头会碰到天空。小狗狗抬起头，闻了闻，用它镭射光般的目光仔细扫描。它看到田野上挺立着一棵小树。

它又找到一块碎片，那块碎片从树枝上发出一道明亮的光线，清晰可见。卢卡爬到树上去了，他藏在树叶之间。小狗狗跑过去找到了卢卡，对着他叫起来。

"真聪明，小狗狗！"卢卡兴奋地喊道，然后从树上跳了下来。他从上衣口袋里掏出一个红色的小球，叫道："你赢了！"

小狗狗在空中翻了个筋斗，兴奋地咬住了小球。

他们俩回到了那两个男人身边。两个男人十分满意，他们叉着手，看到了整个过程。卢卡喜不自禁，容光焕发。小狗狗真的给他们留下了非常好的印象。

"它的鼻子太灵敏了。"西蒙内评论道。

"别把它的好鼻子浪费了。"布鲁诺提醒道，"在家里，特别是和家人待在一起的时候，一定要注意，千万别让它染上恶习。首先，你必须教育你的家人。"

"没问题。"卢卡信心满满地回答道，"小狗狗一直跟我待在一起。"

"那你去上学的时候呢？"西蒙内问道。

"它跟我爸一起去上班，我爸的工作室有个私人的院子……但也就这几个月，因为学校马上要放假了。"

"话说你成绩如何？"布鲁诺问道。他想到自己的女儿正埋头苦读，准备在最后冲刺阶段把成绩提高上去。

"小狗狗正在帮助我。"卢卡神秘地回答道。他以为自己隐藏了一个天大的秘密，但布鲁诺和西蒙内其实已经猜到了。

20. 玛丽和小饼干

玛丽一打开公寓门，小饼干就跳到她身上，把灰色的大爪子放在她胸口。小饼干几乎在床上打了一天瞌睡，所以看到玛丽回家，它尤其兴高采烈。

"你在这里啊，好朋友！"玛丽向它打了声招呼，"你好，我带你出去散步，你想去吗？"

很明显，它当然想去。小饼干一整天都被关在这间狭小的公寓里，从早上开始，它就在期待这一刻的到来。和这只身形庞大的狗相比，这间公寓显得更局促了。玛丽万万没想到小饼干会是那窝小狗里最胖的。仅仅六个月，它已经长到了十五公斤，并且有望成为一只浅灰色的猎犬。它的兄弟姐妹们长得更像黄金猎犬，但它拥有更多爱斯基摩犬的特征。

几天前，玛丽遇到了卡尔蒂尼教授，他很骄傲地向玛丽展示了吉尔达的照片。吉尔达就是玛丽莲·梦露。吉尔达是一个很出名的电影角色：她非常漂亮，长着红棕色的头发，穿着一件闪闪发亮的修身礼服，戴着黑色长手套，擅长唱歌、跳舞，总是尽可能地展示自己的性感。玛丽知道吉尔达，是因为她爸爸很喜欢这个角色。当他还是小伙子时，就爱上了这个完美的女人，他还专门去一家电影俱乐部看电影，甚至把那张翻录的电影DVD当圣物一样保存起来。老实说，玛丽对那部乱七八糟的黑白电影丝毫不感兴趣，她好不容易才强迫自己听完冗长的台词，看完拖沓的剧情。教授在给小母狗起名字的时候，肯定想到了那个吉尔达。

"丽塔·海华丝扮演的吉尔达吗？那部电影很出名。"玛丽问道，顺便炫耀一下自己的电影知识。但教授皱着眉头看着她，语气中带着一丝责备："不！是利哥莱托的女儿吉尔达。"他看到玛丽脸上露出了疑惑的表情，立刻补充道："哎，现在的年轻人完全不懂歌剧，都不知道威尔第①……歌剧很快就要被永远遗忘了。"

"不，教授，我确实不了解音乐，但这只是我个人的问题，还是有很多人喜欢……"玛丽试图挽救，但她注意到教授的脸色越来越差，于是她迅速转变了话题："吉尔达怎么样？它长大了吗？聪明吗？"

一讲到他的狗，卡尔蒂尼一扫阴霾，表情马上愉悦起来了："它聪明极了，很听话，很乖……"他拿出平板电脑，给玛丽看小母狗的照片。吉尔达长着浓密的白毛，珍珠灰的脸上嵌着一对天蓝色的眼睛，很是惊艳。它似乎正在对着镜头笑，真是一位名副其实的女明星。

---

① 威尔第：朱塞佩·威尔第，意大利作曲家，有"意大利革命的音乐大师"之称。

"玛丽，老实说，我把这只狗带回家的时候，我妻子大发雷霆。她对狗完全不感兴趣。你知道，我是冒着多大风险把它带回去的吗？"他用责备的语气坦白道。玛丽很不自然地笑笑，尽管她知道事情发展得很顺利，教授已经对小母狗爱不释手，而且也没在考试的时候故意为难自己，但玛丽还是十分忧虑。她希望这只是某些老师惯用的策略，先让你如坐针毡，再向你宣布一个好消息或者恭喜你得了一个好分数。但事实上，卡尔蒂尼并不是这种人，他柔和地说道："可现在情况完全不同了，你能想象吗？谁要是碰了她的吉尔达，可就惹上大麻烦了！我妻子很喜欢吉尔达，还说它是我们的第三个孩子。对我来说，这真是极大的安慰，我并不认为她用词不当，相反这种说法非常贴切，因为吉尔达确实比很多人类都好。"

"我知道。"玛丽松了口气，她的语气中透着自豪，"我最后收养了吉尔达的妹妹。"

"啊，真的吗？它长什么样？"教授好奇地打听道。

玛丽掏出手机，但事先提醒道："它没吉尔达漂亮，长得有点像小狼崽。"

为了更清楚地看到小屏幕上的照片，卡尔蒂尼教授挪了挪架在鼻子上的眼镜："啊，是的，我看到了。它们长得不是很像。这只是全灰的，脸更长……不过，也很可爱。"

"是的，非常可爱。"玛丽赞同道。她知道"可爱"是用来代替"漂亮"的形容词之一。

"你没有把它留在流浪狗救助站？"教授抬起头看着玛丽。

"不，我答应过它。"玛丽回答道。卡尔蒂尼眯起眼睛，挤出一个微笑："你的这个举动让人肃然起敬，那其他小狗呢？"

"它们都找到了家。太妃糖在陪孩子，薯片和大楼管理员一起待在乡下，米拉在打猎，小狗狗被一个男孩带走了，他说小狗狗将会从事一项男人的工作。"玛丽很想笑，教授却皱起了眉头，困惑地问道："什么工作？你知道吗？"

玛丽耸耸肩："我不知道，是个小伙子……"

"一个怎么样的小伙子？他该不会把可怜的小狗带去参加非法斗狗比赛了吧？"

玛丽瞪大了双眼："不，您说什么呢？是个正直的男孩，还在上学……"她回想起卢卡穿着一件柔软的毛衣，浓密的深金色头发披散在毛衣上，双眼笑意盈盈，用又宽又大的手抚摸小狗们，她甚至感觉到鼻子里充满了卢卡身上的香味。于是鼻子一痒，打了个喷嚏。

"很抱歉，教授……"

"你感冒了？"教授问道，然后又迅速回到了自己的结论，"学生不代表任何东西。你要明白，很多坏人都是学生。如果他真的还在上学的话，为什么要让狗工作？"

确实说得很对，玛丽内心赞成道。她很后悔自己没有刨根问底，让那个在她看来正直的男孩轻而易举地把小狗狗带走了。事实上，她甚至为那个男孩着迷。但教授向她解释了如何才算一个好的调查员：多提问，别轻信眼睛看到的。

"我建议你深入地探究一下这个问题。"卡尔蒂尼鼓励道，仿佛他已经代替玛丽，成了那些小狗的负责人。玛丽觉得这是教授给她布置的一份作业，而这份作业决定了她的考试成绩。

"我肯定会去调查。"玛丽回答道。她很生自己的气，因为已经快过去一个月了，但她从来没向卢卡打听过小狗狗的现状。这只老狐狸用甜言蜜语蒙蔽了自己的心智，更准确地说，是把自己催眠了。

离上次和教授见面，又过去了好几天，玛丽还没决定是否联系卢卡。她知道在哪里能找到卢卡，他有 Facebook 账号，还在上面放了一些照片。有几张是篮球队队员们穿着球服的合影，还有几张是一群人穿着滑雪服的合照。总之都是符合高中生特点的照片和话题。下面跟着其他高中男生或者女生的常规客套留言：厉害，帅，搞笑，精彩，伟大，太伟大了，再往下是笑脸、爱心、花和爱情这些表情。正因为看到这种青少年的腻歪，玛丽到今天为止还不想联系卢卡，尽管在他的主页上有一个小狗狗专用照片夹，名字恰巧就是"少年心气"。卢卡，抄袭者，她想。

但今天玛丽决定再次联系卢卡。这是个温暖、愉快的夜晚，她站在公园里，看着小饼干在草地上跑来跑去。她从口袋里掏出手机，打开了卢卡的 Facebook，决定给他留个言。她选择了小狗狗的照片夹，在下面写道："你好，我是玛丽。独行侠过得怎么样？"

卢卡很快在聊天软件上联系了她。看吧，他在线，也许他和其他年轻人一样，一天到晚挂在网上。

"你好！很高兴能联系上你。小狗狗过得好极了。它长大了很多，你看到照片了吗？"

"是的，它长大了。我想知道它现在在做什么工作，我能给你打电话吗？"

玛丽的手机响了，她接起来："喂？"

"我是卢卡。"

玛丽心跳加速。多特别，一点都不像小男孩的声音。真是个惊喜！"卢卡？你怎么能给我打电话？"

"你不知道聊天软件可以直接打语音电话吗？"

"也就是说你有我的电话号码？"

"你知道怎么用网络电话吗？"

玛丽叹了口气。小男孩肯定会抓住机会，趁机卖弄学问，用令人费解的语言，大讲特讲他们热爱的因特网，所以玛丽冷淡地回答道："很明显，我不会。"

"但关你什么事儿，你说得对！"卢卡笑着说。

玛丽也被他逗乐了，大笑起来："你居然懂读心术。"

"你怎么样，玛丽？"

这么问听起来并不像出于纯粹的礼节，但玛丽立刻嘟嘟囔囔地给出了一个礼节性的回复："很好，谢谢。"可这个答案并不符合她的真实状况。如果要她说真话，她会回答：我不知道自己过得怎么样，我也没问过自己，甚至从没想过这个问题；我每天忙忙碌碌，要么待在实验室里，要么去上课，要么匆匆忙忙跑去买食物，但主要是给小饼干买。不过幸好这时她看到小饼干走了过来，于是她说道："你知道吗，我收养了小饼干。"

"太好了！"卢卡说。但这让玛丽生出了一股无名怒火，她生硬地回答道："才不是。对我来说，是个美丽的负担。"

　　"对，当然了。你也和父母一起住吗？"

　　"不。"玛丽笑着说。从她的语气中可以判断，她十分享受这种令人厌恶的优越感。"我一个人住，所以什么都得自己做。带它散步，给它买吃的，这个毛球已经重得不像话了。我住在一个类似阁楼的公寓里。"

　　"没有电梯吗？"

　　"有，但只到顶楼，然后还得再爬两段很陡的楼梯……应该算是阁楼，我也说不好。"

　　"好赞！谁知道能看到什么样的美景。"卢卡的语气很激动，但玛丽反驳道："如果是一个喜欢城郊风景的人……"

"比如我。"

"算了吧，我住的地方只有一间房那么大。可怜的小饼干挤在里面，就像被关在笼子里的狮子。睡觉的时候，它也只能蜷缩在床边，我的小床根本睡不下两个人。"

玛丽感到一阵寒意，她惊恐地意识到：他们在谈论她的房子，也许卢卡想来看她。哎，她在内心自我批评道：你打电话给他，是想知道小狗狗的近况，而不是把自己的事一五一十地告诉给一个高中生听。

"对不起，你把独行侠养在哪儿了？你有狗窝吗？"

"它不叫独行侠，我保留了小狗狗这个名字。"

"啊，是吗？"

"是的，玛丽，叫它独行侠这个主意实在太蠢了。"卢卡承认道。玛丽似乎看到了他那张笑意盈盈、温柔的脸，他的眼中带着幽默……他的眼睛是什么颜色的？绿色？浅褐色？玛丽记不清了。

"确实有点。"玛丽说道，她也跟着卢卡一起笑了起来，"你能告诉我，你正在让它从事哪一类工作吗？还只能是男人才能干的工作。"

"你想来看看吗？"卢卡立刻建议道。

玛丽没有迟疑："当然了。"

"好极了。我星期天早上来接你，如果你不介意早起的话。"

"我一直起得很早，先带小饼干去散步，然后上学。"她略微不满地说道。玛丽实在无法忍受卢卡自以为是的语气。

"真棒！"他说道。在玛丽还没反应过来之前，卢卡又补充道：

"那我七点过来接你和小饼干。你把地址发给我好吗？我得跟你道别了，家人在叫我吃晚饭。"

"你真幸运。"玛丽不仅没吃饭，还要为自己和小饼干准备晚餐。她正准备这么回复，但又迟疑了一下，还是不把地址发过去了。这时，小饼干在玛丽脚边嚎叫，试图吸引她的注意力。它非常不满，那个男孩居然用一通电话就能吸引玛丽，甚至让玛丽忽略了自己。所以玛丽只能被迫说道："好的，再见。"她快速挂了电话，把手机塞回口袋里，然后拿出一块小木头抛给小饼干。小饼干追着木头，在点缀着小雏菊的草地上奔跑。夜空半明半暗，路灯刚刚点亮，玛丽终于回过神来。这会儿，她的眼里才又有了小饼干。

21. 人类的香味

玛丽不想承认，但这次见面确实让她万分期待。哪怕卢卡只是约她去野外，玛丽也感觉这和恋人相约共进烛光晚餐一样浪漫。当然，卢卡并不像那种俗套的人，那玛丽呢，她会是吗？玛丽的脑海里浮现出一个场景：昏暗的大厅里响起了背景音乐，她穿着珠光闪闪的晚礼服，笔直柔顺的头发披在肩头，款款走来。玛丽马上摇摇头：太愚蠢了，我到底怎么了？只是带着狗去乡下走走，牛仔裤、轻便的上衣、运动鞋、马尾辫就行了。至于化妆，实在太可笑了，不过也许可以涂点睫毛膏和唇彩……倒不是为了卢卡，而是因为今天她的脸色实在太差了。玛丽前一晚熬夜学习，直到凌晨两点才躺下。小饼干蜷缩在地毯上睡着了，它打呼噜的声音像鼓风机一样，还时不时睁开红红的眼睛，似乎在说："你还醒着吗，玛丽？快去睡，明天早上六点闹钟就会响。"为了避免大脑不由自主地想明天早晨的约会，玛丽才决定彻夜苦读。虽然她一再驱赶，卢卡的形象和他微笑时的眼睛还是会不停地侵扰她的思维。玛丽眼下完全就像一个第一次约会的小女孩，怎么能这样？

总之，她直到周身疲乏，才把灯关了。早上六点，当手机闹铃响起来的时候，她觉得自己仿佛刚刚入睡，但她还是从床上跳了下来。小饼干已经在床边开心地摇头摆尾，因为它知道今天早晨很早就要出门。玛丽对它说过：出去、走、乡村。小饼干听得懂这些词，意思是奔跑、玩闹、游戏、快乐。它早已迫不及待，一刻不停地盯着公寓大门。

"你觉得我怎么样，小饼干？"玛丽问道，她把只能照到一半脸的小镜子扔在一边。她知道这是个愚蠢的问题，狗怎么会懂这些？在小饼干眼里，玛丽永远都是它亲爱的朋友，所以一听到玛丽叫自己的名字，它马上简单地应了几声。糟糕！它知道自己不能叫。因为公寓里的住户会马上投诉，并且不遗余力地把它赶出去。事实上，已经有人在抱怨了：怎么在阁楼上养这么大的狗？他们还让公寓管理员给玛丽写了封邮件。在这封邮件里，他们阐明了自己的观点：为了避免给邻居们造成麻烦，特别是考虑到这里无法为动物们提供足够大的空间和舒适的生活环境，我们强烈建议住户们饲养中小型动物，请大家主动遵守。仿佛所有人在一夜间都变成了动物权益保护者。

玛丽回复说，事实上，她的狗是中型犬，完全符合公寓规定。她还在附件里放了一张"胖"狗——一只重达七十公斤的纽芬兰犬的照片，就是为了让其他住户明白，和这条狗相比，小饼干最多只能算是一只小狗崽。

玛丽解下门锁上的链条，深吸了一口气："好吧，我们走。"她一开门，小饼干就如箭般蹿了出去。玛丽关上门，紧跟着小饼干，跑下了楼梯。走完那两段陡坡之后，小饼干朝玛丽看了一眼，似乎在询问："坐电梯吗？"

"去吧，小饼干。"女孩指着楼梯小声说道。玛丽想在走到街上之前做点运动，也许能缓解紧张。她一打开单元门，卢卡就从车上下来了。

"唉，你已经到了？"她说道，"等很久了吗？"

"才刚到。你好！"卢卡向她打了个招呼，同时张开了手臂。玛丽抱了他一下，刚才的焦虑一下子消失得无影无踪。拥抱卢卡的感觉很好，非常自然。她甚至产生了幻觉，他们俩经常拥抱，而且她会留在卢卡轻轻跳动的心脏里，很可能是永远。那种感觉就像她本以为自己早就到达了终点，但在拥抱的一瞬间，她发现自己才刚刚到。

卢卡转身对小饼干说道："你好，美女，你好，小饼干。"他打开后备箱门，让小饼干爬进去。后备箱里坐着一只很漂亮的狗，它抬头挺胸，威严如君王，灰色的毛皮富有光泽，眼睛闪闪发亮。它一看到玛丽，就站了起来，对着她摇尾巴。

"太难以置信了！"玛丽叫道，"小狗狗！"她的心跳在加速。

她把小狗狗搂在怀里，小狗狗叫了几声，好像在说："玛丽，是你！"它舔舔玛丽的手和脸："玛丽，你真的是我的玛丽。"玛丽喜极而泣，她感叹道："小狗狗，你太漂亮了！你变成那窝小狗里最漂亮的了。"

"因为它跟了我。"卢卡说道。玛丽实在太激动了，她的喉咙哽咽，根本无法反驳卢卡。另外，卢卡说得确实也没错：小狗狗和他在一起，犹如生活在天堂。卢卡看起来状态也不错，他的笑容简直能迷死人。幸好玛丽正全神贯注地和小狗狗互相问好，否则说不定会呆呆地盯着卢卡看。她不记得卢卡有这么高，这么健壮。他的眼睛是草绿色的，浑身还散发着一股好闻的味道。

"所以你们还认识彼此？还记得你们是兄妹吗？"玛丽说道。为了掩饰自己的心烦意乱，她故意用了欢快的语调，但声音有些颤抖。

"它们当然认识。"卢卡确定道，顺手把后备箱关了起来。小狗狗立刻坐了下来，但小饼干在哥哥的身上嗅来嗅去，庆祝兄妹相逢。卢卡上了车，玛丽紧随其后。她和小饼干一样，喜不自禁。

"玛丽，你知道吗，你看起来状态好极了！"卢卡在发动汽车时，抛给玛丽一个迷人的微笑。

"但是……我凌晨两点才睡。"玛丽回答道，似乎想揭露卢卡的虚伪客套。而事实上，卢卡说的并不是客套话，他的赞美是发自内心的。

"你彻夜狂欢了？"卢卡询问道。他又看了玛丽一眼，只是这次不怀好意。

"怎么会？我是彻夜学习。"玛丽有点生气地解释道。

"是的，当然了。"卢卡笑笑，"玛丽医生，对吗？"

"我还不是医生，我在学兽医……"她嘟囔道。卢卡身上的香味在汽车里四散开来，时有时无。两条狗也已经安静下来，蜷缩在后备箱里，它们的气味和卢卡的香味轮流钻进了玛丽的鼻腔里。

"对了，兽医。"卢卡感叹道，"这确实是条光明大道，但你不觉得要学太久了吗？"

玛丽瞬间清醒了：卢卡还是个小孩，他只不过在扮演成熟男人。所以，她坚定地回答道："必须学七八年，这确实需要很大的动力。"

"如果是动力的话，我也有。但我不确定自己是不是想做兽医。你为什么学兽医？"卢卡好奇地看了玛丽一眼，似乎在掂量她。

"我选择兽医，是因为我喜欢动物。但事实上，我家人非常反对。"

卢卡突然大笑起来，虽然玛丽说的根本不是个笑话。"我很理解你的遭遇。我父母什么都同意，但也什么都反对。"

"我不明白。"

"比如小狗狗。很难让我父母接受它，特别是让他们按照我的要求做。"

"什么要求？"玛丽扭头看着卢卡。卢卡褪去了青少年的稚气，展露出男人的成熟。至少现在他是个对自己十分自信，而且态度坚定的大男孩。

"不要宠坏它，不要把它当玩具娃娃，给予它尊重。"

玛丽必须离卢卡远一点，因为他身上那种让人无法抵抗的淡淡清香趁着玛丽走神的瞬间钻进了她鼻子里，让她鼻子发痒想打喷嚏。

"你冷吗？我把空调打开？"卢卡担心地说道，但玛丽举起一只手，对卢卡摇了摇，然后把另一只手伸进包里找纸巾。"不，不，我很好……只是……"

"你过敏吗？"

"不，别担心。"她一边回答，一边在包里到处翻找。她的包一定是长了嘴，会吃东西。

"快，拿着。"卢卡说着从上衣口袋里掏出一块布手帕，递给玛丽。

"不，但是你要用……"她含糊地说道。

"当然，它对我的作用就是给你用。"卢卡笑着说道。

玛丽看着这块小小的白色手帕，她找不到借口，只能用它擦鼻子。那么卢卡的费洛蒙就会通过她的嗅觉器官，兴高采烈地蔓延到她的全身，刺激她的荷尔蒙活跃起来：加油，玛丽，就这样做。加油，玛丽，放松点，微笑，兴奋起来。玛丽觉得身上热了起来，她拉开了上衣拉链，脱下衣服扔在座椅上，然后用柔软的声音问道："现在我们去哪里？"

"你肯定会喜欢的。"

说实话，只要能像现在这样，玛丽就很开心：小狗狗和小饼干坐在后备箱，卢卡坐在她身边。卢卡好像一位拥有二十年驾龄的老司机，神色自如，开车技术娴熟，但他才……别再想年龄的事了，玛丽对自己说道。她的大脑一刻不停地转着，不断提醒她，她正在一步一步掉入卢卡的气味陷阱里，毫无抵御能力。事实上，她昨晚学习到深夜的正是关于气味的章节：嗅觉是最古老、最原始的感官。犬类依靠嗅觉定位和理解世界，当人类光靠语言无法相互理解时，也会使用嗅觉。如果嗅觉是最古老的用来相互理解的方式，又有什么不好呢？玛丽心想，当她脱掉上衣放在座位上时，她的香味就会飘散到空气里，和卢卡的香味混在一起。这种气味会提醒卢卡：玛丽就在那里。她很高兴终于找到了一个值得信任，而且开车技术很好的人，她再也不用一个人孤零零地开那辆老爷车了。

当他们下车时，玛丽穿着衬衫，卢卡穿着T恤，两人还因为某个非常普通的话题，笑得像疯子一样。尽管他们已经脱了外套，但还在出汗。布鲁诺看到他们走得很近，拉拉扯扯，一起把后备箱打开，让两只狗跳出来。这种场景让布鲁诺产生了刚才他们俩合力开一辆车的错觉。

"你好，你好。"他用戏谑的语气，向他们打了个招呼，然后继续打量着他俩。

"你好，布鲁诺。"卢卡愉快地说道，"我把玛丽介绍给你。"

"您好。"女孩握住了布鲁诺的手，向他展露了一个热情的微笑，"卢卡突然说要带我来这里，实在有些冒昧。"

"他做得对。"男人的回答有些出人意料。卢卡以为布鲁诺会抱怨，但他看起来竟然非常高兴："这两条狗之间拥有家人般的亲密感。"他一边说，一边把目光转向了小饼干。

"这是小狗狗的妹妹。"玛丽笑着解释道。她觉得自己的嘴巴咧开了，再也无法合起来。

"你就是流浪狗救助站的那个女孩吗？"布鲁诺问道，他的眼神更认真了。

"是的，对，您是怎么知道的？"玛丽转身看着卢卡，但却感受不到愤怒，她再也没办法生卢卡的气了。

至于卢卡，他站在那里笑着说："布鲁诺的记忆力很好。我只在他面前提过你一次，说你救了那窝小狗……"

"当然，是的。"布鲁诺嘟囔道，他突然意识到自己已经学会了卢卡的口头禅。玛丽把链条套在小饼干的脖子上，把它牵到远处，栓在一棵树上。布鲁诺趁机对卢卡说道："你可没说她这么可爱。"

"确实没说。"卢卡承认道。他很想补充说，连他自己也是今天才注意到玛丽这么可爱。与其说可爱，不如说热情、幽默、开朗、直接更贴切。他忍不住想把玛丽揽在怀里，幸好她走远了，否则卢卡肯定会解开她的马尾辫，一把将她抱住，就像他们在公寓楼下见面时那样。他心想：玛丽，我们的玛丽！救了小狗狗，并把它送到自己身边的天才女孩。聪明、敏感、坚强的玛丽，美丽无比的玛丽。

"你去穿件衣服，起风了。"布鲁诺温和地嘱咐道。卢卡点点头，去车上拿了上衣，套在身上。小狗狗始终跟在他身后，片刻都不愿意离开。

"这里实在太美了。"玛丽评论道。这片绿色一直延伸到他们停车的高地外。玛丽蹦跳着，头上的马尾辫甩来甩去，就像她长出来的翅膀，带她飞去眼前这片绵延不绝的高原。下面广阔的草地上，一颗黑色的导弹直直地向卢卡冲来。

"那是……？"

布鲁诺笑着说："是佐罗。"

玛丽以为佐罗会朝卢卡扑过去，把他扑倒，因为小饼干通常就是这么干的。但它在距离卢卡几步之遥的地方停了下来，开心地对卢卡摇尾巴——就差举起爪子，握住卢卡的手了，玛丽惊讶地看着。卢卡蹲下身子，对佐罗摊开手掌。佐罗明白这个手势的意思，它抬起爪子，搭在卢卡的肩膀上。

"我从来没见过这么有教养的狗。"玛丽双臂环抱着，评论道。草地上刮过一阵凉风，她感觉有点冷了。

"啊，不会吧？"布鲁诺吃惊地说道，"那你觉得小狗狗怎么样？"

玛丽把注意力转向卢卡身边的小狗狗。她一边飞快地跑回车里，去拿那件被她丢在一边的上衣，一边思考着狗兄妹之间的不同之处。小饼干正扯着链条，不停地狂吠，而小狗狗默不作声，威严地坐在一边。不久之前，玛丽就被这个姿势震惊了。它虽然只有六个月大，但已经和它的妹妹不一样了，它已经成年。小狗狗全身上下都是深灰色的，头上的毛微微竖起，脸上带着爱斯基摩犬特有的谨慎表情，耳朵稍稍下垂，触碰到它的脸，柔和了脸部线条。灰色的毛既浓密又有光泽，在五月的阳光的照耀下，显得很

有弹性。当佐罗靠近小狗狗时，它们互相嗅了嗅，安静地摇摇尾巴。流浪狗救助站的客人们从来不会如此安静，它们暴躁、喧哗或者好斗。和它们一比，佐罗和小狗狗不仅自信，还懂得尊重他人，简直是另一种生物。

当卢卡朝布鲁诺和玛丽走回来时，他们俩（玛丽已经看入迷了，布鲁诺看到女孩为卢卡神魂颠倒，胡须下的嘴角忍不住微微上扬，偷笑起来）看到两条狗像贴身护卫一样紧跟着卢卡。卢卡命令两条狗坐下。小狗狗嘴巴紧闭，佐罗则因为刚才在草地上快速奔跑，把舌头伸在外面喘气。

这时，一辆汽车驶入了他们的眼帘。它在高地上停下，靠在另外两辆车边上——是辆路虎，挡风玻璃上写着高山救援队。玛丽终于明白了："高山救援队……爱狗人士救援组……"玛丽吃惊地问布鲁诺："你们是高山救援队的爱狗人士救援组？"

"当然了。你不知道吗？我们是来这里训练的。"

"卢卡想给我一个惊喜。"

"啊，"布鲁诺说道，然后又忍不住窃笑起来，"他很信任你。"

玛丽点点头，她觉得自己的嘴又咧开了，她朝卢卡抛去一个微笑。而卢卡此时正迈着轻盈的步伐朝她走去。

很快，卢卡就躲了起来，进行常规的"寻找——发现——躲藏"的训练游戏。玛丽趁机向布鲁诺打听道："卢卡也是救援队的成员吗？"

"不，我只是带他一起参加训练而已。一般是不允许的，但他是个例外。他要先申请，通过考核之后，才能加入志愿者服务队。然后必须准备一年，才能参加 OSA 课程。"

"OSA？"

"高山救援队操作员。"

"他的年纪不会太小吗？"玛丽问道。在她看来，救援队的其他成员都很成熟，和他们一比，卢卡就像他们的儿子。

男人耸耸肩："他有意愿，有热情，有一条出色的狗，脑子还很灵活。我必须向你承认，其实他已经帮过我一次了。"

"你的意思是他已经参加过救援行动了？"玛丽越来越惊讶了。卢卡，救援人员！这就是他所谓的"男人的工作"，虽然关于这点，还有待商讨，因为玛丽认为女人也可以参加救援队。事实上，她在救援队里也确实看到了一位带着拉布拉多犬的女人。她的穿着打扮与男人无异——舒适的长裤、靴子、棉背心，脖子上挂着一个印有狗爪印的有趣的设备——也许是用于救援搜索的信号收发器，但却像极了玛丽小时候玩的玩具。真可爱，这让玛丽更坚信，救援不仅仅是"男人的工作"。虽然救援工作确实很艰苦，但救助站的工作难道不辛苦吗？

简单的交谈之后，正好轮到那个女人带着狗去找卢卡。

布鲁诺没有回答玛丽的问题，玛丽也没有坚持下去。事实上，她来这里，主要是为了观看，而不是到乡下郊游、聊天。

"呼叫……布鲁诺呼叫……"男人对着嗞嗞作响的无线电对讲机说道。

"请指示……詹妮正在工作。"

玛丽试图靠自己来理解他们的对话。这是那个女队员的声音，詹妮应该是她的狗，任务是寻找扮演失踪者的卢卡。

"玛丽，你也是志愿者。"布鲁诺终于开口说道。玛丽对于这个突然的评论，感到有些吃惊，她点了点头。男人重新回到了不久之前那个话题，他继续说道："你喜欢狗，所以你应该知道为什么卢卡想加入爱狗人士救援组。"

"应该能。"她回答道，她的脸上再次露出一个温暖、热情的微笑。她确实理解为什么卢卡选择这条路。卢卡也和自己一样喜欢狗。除此之外，他想尽其所能，做一些有用的事。

"我做志愿者，是因为我喜欢大自然和狗，我希望发挥我的热情，和我的狗一起为大伙儿服务。"男人说道，"每个人都有不同的原因，但我想基础都应该是爱狗、爱大自然和不懈努力。"

"是的，我想我也是因为这个原因。"玛丽低声说道。

这个朴素、乐于助人、直接的男人，竟比抚养自己长大的父亲，更了解她的内心。

"卢卡也是因为这个原因。"布鲁诺补充道，他迅速向玛丽投来一个意味深长的眼神，"他是个很棒的小伙子。"

"我知道。"

"很好。"

詹妮在远处狂吠起来："我找到卢卡了！"玛丽的心跳猛地加速：她突然迫不及待想见到卢卡，也许是想再闻闻卢卡身上的香味，也许是想亲亲卢卡，怎么亲都亲不够。

22. 走个形式

今天对于卢卡来说，是非常重要的一天，因为他要参加高山救援队的考试。如果他能通过这场考试，之后就能和其他学员一起训练了。明年三月如果他能通过冬季考试，到了六月他就可以上高山救援队爱狗人士救援组国家级专业培训课程了。

更让卢卡紧张的其实是六月份的高考，不过卢卡的表现被他的意大利语老师评为"有史以来最好的一次"。确实如此！事实上，根本没人想到卢卡会下这么大决心，准备得这么充分：他写了一篇关于犬类、犬类解剖学和犬类行为的小论文，里面包括嗅觉器官在不同领域的使用及其特殊性。他把小论文翻译成英语，甚至还准备了一则关于这个话题的简单会话。他不仅在论文中引用了数学、嗅觉图形和气候状况等方面的知识，当然这些信息都是他在西蒙内借给他的书里找到的，还列举了基于对小狗狗的研究所得出的数据。此外，卢卡用最古老的证据阐释了一个历史问题：狼是怎样变成狗的，狗又是如何出现在人类生活中的。他甚至不可思议地运用了拉丁语论据。以至于一出口语考试考场，贾科就忍不住评论道："天哪，卢卡！你简直像被西塞罗①附身了！"

哪怕在高考冲刺阶段，卢卡也没有忽略对小狗狗的照顾，他可不管自己的父母怎么想。事实上，小狗狗给了他极大的动力和自信，让他能在短时间内快速进步，还让他更明确高中毕业后，自己该学什么。卢卡的父母对于他的选择十分吃惊，但都表示支持。在这件事上，卢卡应该感谢玛丽，因为正是玛丽告诉他兽医专业设立了新方向：犬类培训。这是一个短期本科课程。太棒了，卢卡心想。他迫不及待地把这个消息告诉了布鲁诺，布鲁诺回答道："这确实是个

①西塞罗：马库斯·图留斯·西塞罗，古罗马著名政治家、演说家、雄辩家、法学家和哲学家。

好消息。"

　　卢卡相信布鲁诺和西蒙内会用最好的方法培训自己：他迫切地想给高山救援队留下好印象。他虽然年纪小，没有经验，缺乏光鲜的履历，但会滑雪，善于倾听，遵守规定，还能很自然地与犬类建立亲密的关系。另外，他很年轻，尽管卢卡并不知道，年轻在实战训练和课程培训上都是优势。而且他本科选择犬类培训专业的话，又是一个优势。卢卡几乎肯定自己会被录取，但"几乎"以外的可能性让他非常焦虑。哪怕布鲁诺笑着用平和的口气鼓励卢卡，说他其实已经被录取了，考试只是走个形式而已，也没办法说服他。

　　只是走个形式，玛丽在回父母家的路上时，焦虑地想。她开着老爷车，带上小饼干出发了。她打算告诉父母，她想放弃学兽医，因为这并不十分符合她的人生规划，而且实在需要太长的时间了。

　　玛丽到了城里，她先是快被拥堵的交通逼疯，再是因为找不到停车位烦躁。"天哪，我都不记得这里居然这么乱。"当她听到手机铃响时，从牙齿缝里挤出了这几个字。是她父母打来的，肯定想问她到哪儿了。玛丽没有接，她希望父母能收到她用心电感应发出的讯息："马上到，我需要点时间找停车位。你们也知道，现在这里一个车位都没有。连你们都已经放弃开车，改坐出租车了……"她的情绪上来了，把车子随便一停，根本不管是不是压过了摩托车停车线，然后快步朝大路走去。但小饼干阻止了她，它已经在车里待了两个半小时，急需小便。

　　"对不起，小饼干。"玛丽对它说道，"稍微等等，偶尔憋一下也

没事。"玛丽本以为中午十二点就能到家，但现在已经是下午一点半了，她的父母担心极了，给她打了好几次电话。所以，玛丽走到家门口时，没有直接用钥匙开门，而是按了门铃。

"宝贝！"妈妈在门口一把抱住她，激动地叫道。

爸爸也紧跟着走了出来。当爸爸拥抱玛丽的时候，格兰达慷慨地向小饼干投去一个简短的微笑，而小饼干则摇着尾巴盯着她：它也在等待一个大大的拥抱。但妈妈只是在它脑袋上轻轻地摸了一下，然后说道："看起来不错，眼睛很大。"小饼干和它的兄弟姐妹不同，它的眼睛像黄金猎犬，颜色很深且富有感染力。

"对不起，妈妈，我找不到人照顾它。"玛丽撒谎道。她有一大把朋友愿意照顾小饼干，但她故意把小饼干带回了家。因为她父母必须习惯她和她的狗待在一起。

"没问题，亲爱的。"格兰达也撒谎了。她用非常正式的语气，关心地问道："狗要吃饭吗？"

"不，小饼干吃过早饭了。"

当他们在客厅的餐桌旁坐下时，小饼干居然已经悠闲地躺在珍贵的中国地毯上了，它灰色的身体几乎隐没在灰珍珠色的丝绸里。这张餐桌长得很像宇宙飞船，每次回家，玛丽都觉得它越来越大。玛丽的父母竭力表现出对小饼干的欢迎，同时避免自己说出类似的蠢话："我们怎么说来着？就知道你总有一天会把畜生带回家。"爸爸总说，批评对不聪明的人非常奏效。所以，他不能批评玛丽，因为他知道那会引起玛丽的反感。他的策略是：对那只狗表示欢迎，但把它当作雕像一样对它不理不睬。

他们的惯用方式是这样的：当他们听到玛丽宣布自己不想继续读兽医专业时，并没有表现得非常愤怒，而是问她为什么会有如此古怪的想法。他们保持沉默，偷偷交换着眼神，很明显他们正在用眼神传递信息。最后里纳尔多深吸一口气，用坚定、平静的语气问玛丽，为什么要放弃一个自己再三考虑后选择的专业，何况这个专业还能确保她将来拥有一份能保障生活的工作。

"是的，对，确实是我自己选择的。但是爸爸，我真的无法想象自己一辈子就做这么一件事。现在就把以后的人生全部规划好，这对我来说实在太难了。"

"你当然不能把自己关在笼子里。所有的职业都应该持续完善，这是一项永无止尽的探索……"爸爸说道。玛丽已经猜到他下面会说什么。

"我知道。但我想要的不只是一份工作，我对职业晋升不感兴趣。"

"你在选择读兽医时，就已经这么说过了。"里纳尔多平静地回答道。他很会控制自己的焦虑或者怒火，这也在玛丽的预料之内。

玛丽点点头，她感到有些生气。爸爸以为自己很替别人考虑，自己的观点十分正确，他流露出来的冷静和自信，每次都让玛丽大为光火。

"确实，我现在就是在确认自己的观点。我对做兽医一点都不感兴趣。"玛丽粗暴地说道，"我想读学校新设立的关于犬类培训的本科专业。"

里纳尔多的脸上终于露出了一个困惑的表情。他皱皱眉头，看了一眼妻子，然后用一种快要窒息的口气问道："犬类培训本科专业？"

"真的是……本科吗？"格兰达问道，她有些惊愕。

"短期本科，我很喜欢它的课程设置，更加实用……毕业之后，我就可以立马开始工作，不用再等五年。"

"可没人让你这么快工作。"爸爸反对道。他又扭头看看妈妈，坚持道："你想读多久都行。"

玛丽摇摇头："不，我要照顾小饼干，要找个大房子，还想在招待所养狗，照顾它们……"

格兰达看着她。每次格兰达一激动，说起意大利语来就格外费劲，还会带上浓浓的英语口音，现在就是这样："但如果是这个原因，因为房子大小的话……我们可以为你找一个更舒适的住处……那个单身公寓是你自己选的，你说想找一个小一点的房子。"

玛丽耸耸肩："我喜欢自己解决问题。"

这时，里纳尔多已经从刚才的小打击中缓过神来，他又回到了学习这个话题上："你真的决定啦？我希望你再考虑考虑。读本科和三年的专科是不一样的，本科限制会更少，你将来还能选择别的路，人生道路长着呢。"

"我知道。"玛丽说道。说实话，她根本不知道人生道路有多长，但至少对于现阶段来说，她希望按照自己的计划走。

妈妈突然温柔地问道："亲爱的玛丽，你是不是有男朋友了？"

玛丽抬起头看着她："你为什么问我有没有男朋友？"

"我之所以这么问，是因为有时候人们做某些决定是为了……为了某个认识并且仰慕的人……"格兰达及时停了下来。她本想说"为了爱情"，但玛丽从没提过自己恋爱了，无论在电话里还是在网络上都没有，但……

"对不起，妈妈，你难道认为我特地跑回家告诉你们这件事，是因为某个认识不久的男生给我洗了脑，劝我放弃专业？"

"不，当然不是。"格兰达应付道。

"算了，玛丽，没人能说服你去做你不想做的事。"爸爸坚定地说道。

"那么请你们站在我的角度，试着理解一下我正在跟你们说的事。

总之，我已经决定了。"

卢卡从五岁开始，每年都会去滑雪，所以这完全难不倒他。幸好这不是锦标赛，不过他也从来没想过去参加比赛，他只想趁每年圣诞节放假和周末的时候，高高兴兴地去滑雪。往下滑的时候很刺激，即使是往上走，他也觉得没有难度。卢卡知道自己在滑雪运动上有天赋，耐力也不错，但他还是决定表现得规矩些。今年的第一场雪厚厚地积在地面上，又软又亮，似乎在对他说：滑得再快点，跳到下面来，翻个筋斗。它想诱惑卢卡要一些噱头，可卢卡没有上当，他滑得小心翼翼，用轻盈的动作在这块广阔无垠的白色画板上勾勒出柔软的线条。他只在最后下坡的时候，自信地加速，仿佛是在这块未被践踏的雪地上签下了自己的名字。这个签名并不是卢卡，而是隐藏在他灵魂深处的神秘名字，让他成为这个独一无二的自己。

比起使用冰爪和冰斧，卢卡很肯定自己在滑雪上表现得更出色。但一直等到地区技术辅导员给了积极评价之后，他才长舒一口气，因为很难说评审会不会让像他这样的小年轻通过。当然，他还要做一段时间小跟班，不过他已经知道自己会跟着布鲁诺和西蒙内。卢卡很肯定，他们俩不会把他冷落在一旁，而是会让他一起参与行动，把优秀救援人员应具备的知识通通教给他。

卢卡的脸颊很烫，一方面是因为十一月的亚平宁山脉还没那么冷，另一方面是因为他非常紧张最后这个项目的结果。他想向大家证明，自己并没有马虎了事。他和布鲁诺、西蒙内在休息站喝了点啤酒，他们边喝边像老朋友一样开玩笑。这时，卢卡保暖毛衣口袋里的手机响了起来，他把手机拿出来。

"事情怎么样了？"他问道。

"你呢，你的事情如何？"听筒里传来玛丽略微紧张的声音。

"你猜。"

"他们录取你了？"

"录取了。我要做布鲁诺的小跟班了。"卢卡开玩笑道。

布鲁诺接过话茬，抗议道："小跟班？谁的小跟班？"

"你呢？"卢卡问道。就在这时，布鲁诺伸出手，假装要打卢卡的脑袋，但被卢卡成功躲开了。

"好极了。他们没有大发雷霆，事情已经圆满解决。"

"太好了，那我们家里见，我们得好好庆祝一下。"

玛丽挂了电话，她的脑海里不停地回响着"庆祝"这个词。

23. 玛丽的新房子

这栋房子与玛丽的梦想还存在差距，好在一楼有个小花园，小饼干已经在那里寻宝了。这里虽然地处城郊，但紧邻农村，再往前就能看到连绵起伏的小山坡，闻到大自然清新的空气了。最棒的是，不用半小时就能走到田野和树林里。

房子里几乎是空的，玛丽也不打算把里面布置满。因为对她而言，有厨房、卧室和另外一些小家具就足够了，其他地方都应该是开放空间。不过，玛丽想拥有属于自己的房子，更何况一楼也是她喜欢的楼层，所以她决定要了这栋被房产中介夸张地称为"跃层公寓"的房子。说实话，这所房子既不古老也不现代，只能算是一栋建了几十年的农村旧房。现在农村越来越小，这里虽然属于郊区，但紧靠城市。幸运的是，尽管白天还有车辆来来往往，但一到晚上或者周末就整个安静了。

玛丽穿过客厅时，听到了自己的脚步声，这让她一下子想到了妈妈。她想象妈妈穿着漂亮的溜肩大衣和高跟鞋，在各个房间紧张地转来转去，高跟鞋敲击地板的声音在房子里回荡。她对房子很不满意，因为这里湿气很重，而且在她看来根本没什么家具。玛丽耳边似乎又响起妈妈那句话："玛丽宝贝，我真的很欣赏你的勇气。"

瞧，她甚至听到了妈妈的叹息声。

但格兰达并不在这里。叹息声来自莫利，它跟着玛丽蹦蹦跳跳地穿过整个客厅来到厨房，现在正蜷缩在玛丽脚边。

"你在这儿啊。那么你觉得怎么样,喜欢吗?"玛丽问道。莫利轻轻地叫了一声作为回答。

它当然喜欢这栋房子。和救助站相比,这里简直是皇宫。

"好的,我很开心。"玛丽说道。

小母狗用潮湿的鼻子在女孩腿上蹭了蹭,然后又轻轻地叫了一声。

"你看，你不仅要感谢我，还应该感谢格兰达和里纳尔多，是他们俩花钱买下了这栋房子。他们非常大方，对吗？"

　　莫利转过头，看着挂在厨房里的玛丽父母的相片，作为自己的回答。"真聪明，你听懂了，就是他们。他们很难理解我们，但他们最终还是接受了。我觉得特别棒，你认为呢？"

　　莫利晃晃脑袋，就像人类摇摇头，表达不同意见似的。玛丽认为自己不必苛求：归根到底，它也只是条狗，肯定无法理解人类的思想。但无论玛丽说什么做什么，莫利都会支持。它并不是一条自负、爱冒险的狗。它单纯、爱交际，渴望拥有一个家，过上平凡宁静的生活。对于一个孤儿来说，这已经是极大的奢侈了。

　　"我认为这种生活很适合我们三个姑娘。"玛丽说着，顺便望了一眼在花园里扒土找蜥蜴的小饼干。她回想起过去，突然冷不丁地问莫利："你认为我们勇敢吗？"

　　莫利看着她，表情有些迷惑。它不知道这个词的意思。它需要玛丽解释给它听："莫利，你是一只勇敢的狗，尽管你在救助站度过了很多艰难岁月，但你不但没有灰心，还对所有人表达了善意。"

　　莫利嚎叫起来，玛丽明白它的意思。"当然，小饼干也很勇敢。它不仅幸存了下来，还长大了。它一直都支持我。"她说。

　　对，它们俩真的很勇敢。但是她，玛丽，够勇敢吗？她是否始终跟随自己的内心，去做自己喜欢的事？是的，她不应该抗争或者抢夺。她认为一切还和小时候一样。那时候她会在茶几下或者扶手椅后搭建一个属于自己的避难所：她把所有东西放在那里，用一块布把她的魔法之家盖起来，这样就没人看得到她了。这栋房子对于她和她的狗来说，简直太完美了。这是她自己选择的，是她想要的地方，她几乎没有犹豫就定了下来。当她面对自己想要的东西时，表现出来的强大的说服力，不知道算不算是勇气。

"哟呼！"

这突如其来的愉快的招呼声吓了玛丽一大跳。卢卡站在厨房门口，小狗狗跟在他身后。他们俩走路难道都不出声？玛丽皱皱眉头，批评莫利道："怎么回事？你怎么也没听到他们进门？"

但莫利已经根本不听她说话了，它在地上打滚，表达见到卢卡时的欣喜若狂。小饼干也不找蜥蜴了，它已经冲进厨房，欢迎卢卡和她哥哥的到来，但小狗狗只是摇摇尾巴，嗅嗅它，表现得像个士兵。

"我总有一天会让你把钥匙还给我。"玛丽用双手箍住卢卡的脖子，激动地说道。

"你刚才在跟谁说话？"卢卡亲了亲玛丽，问道。他的眼神里带着一丝疑惑，或者说是兴趣。玛丽满脸通红。卢卡到底进屋多久了？他该不会听到了自己和莫利之间那些愚蠢的对话吧？

"没什么，我在和莫利开玩笑呢。"玛丽尴尬地承认道。

"你看着吧，一会儿莫利就会都透露给我。"卢卡回答道，他的一只手放到了玛丽的肩部。

"不用盘问它。你知道我怕痒，你只要摸摸我的后脖，我肯定马上就投降了。"

"等等，我想先告诉你一个好消息。"他一边去开冰箱，一边宣布道。他盯着冰箱里看了几秒，然后只能说："让我们看看有没有适合庆祝的饮料。"

"好像还有两三瓶啤酒，就在下面……"玛丽回答道。她隐约有些内疚，因为她忙着整理房子，已经好几天没去买东西了。谁还有心思关心冰箱？卢卡手里拿着啤酒，说道："把啤酒拿出来之后，冰箱里就能产生回声了。我待会儿送你去趟超市？"玛丽听了，忍不住哈哈大笑起来。

她脑子里的第一个反应是："不，谢谢，我自己会去。"但她及时纠正了这个想法，激动地点点头。与此同时，她嘴里已经迫不及待地问道："那么，什么好消息？"

卢卡在抽屉里找了一会儿开瓶器。然后他转过身，打开第一瓶啤酒，宣布道："我被录取了！"

玛丽瞪大了眼睛："你考上了兽医专业？通过考试啦？"

"是的，亲爱的。"

玛丽先是高举双手表示庆贺，然后一头扑到卢卡怀里："太伟大了，卢卡！"她意识到，自己居然也学会了卢卡的说话方式。

"犬类训练方向。"卢卡有些自豪地补充道。他又打开一瓶啤酒递给玛丽，这样他们就能干杯庆祝了。

"糟糕，我很快要对你用尊称了！犬类训练博士，高山救援队志愿者。"在喝啤酒之前，玛丽低下头，模仿了一个鞠躬的姿势。

"慢着，玛丽，我还得先考执照呢。"卢卡谦虚地说道。玛丽笑了，她的眼里满是星光，然后她陶醉地说道："你肯定能考上。"

"这也取决于小狗狗的表现。对吗，小狗狗？"

小狗狗听到卢卡叫自己的名字，马上竖起了耳朵，盯着卢卡的脸看。它明亮的蓝眼睛里有一道闪电穿过，谁知道它是真的听懂了，还是顺从卢卡而已。

24. 小狗狗

小狗狗仔细研究卢卡的每一个手势、每一个表情、每一个细微的动作。它仿佛能读懂卢卡的心，抓住卢卡的情绪变化，尽管它不是人类，但没有哪个人能做得像它一样好。

它不懂善良和残忍的区别，不知道把它们兄弟姐妹抛弃在垃圾桶里的那个人是残忍的，它甚至完全不记得那双把它们扔掉的手长得什么样，那时候它实在太小了。但在它的记忆里，始终存储着玛丽的气息，因为是玛丽救了它。

小狗狗并不知道人类把它定义为动物，虽然它能听懂很多词，特别是能理解各种语调。它知道什么是"微笑"。它也试着微笑，即使它的脸动不起来。卢卡有一张能动的脸，他笑起来的时候，眼睛像星星一样闪耀。

卢卡是他的人类伙伴。如果小狗狗能说话，它会用一句话概括自己和卢卡的关系：卢卡和它心连心。这就是它的感觉。

小狗狗坐在厨房里，看着两个人类聊天、嬉笑，他们之间迸发出的热烈火花刺激了它的鼻子。小狗狗能感觉到卢卡的心跳，就像它能感觉到自己的心跳一样。卢卡现在心情平静，非常开心。所以它，小狗狗，也能安静地待着，甚至算得上是安详。它躺在地上，一个爪子靠在另一个爪子上面，头垂在地板上。它闻到了木头、蜡、啤酒、肥皂的气味，这是家的味道。空气中飘着青草和灰尘的气味，那是野外的味道。除了现在的味道，它还闻到了以前和将来的味道。

致谢

感谢杰克给予我灵感，让我于去年成功创作了这本小说。杰克是一只黄金猎犬，它当时正在准备搜索犬考试。感谢它和它的指导员马可·埃斯波斯托。正因为他们，我才有幸了解了这个领域，有机会跟随托斯卡纳大区高山、岩洞救援组的志愿者们一起参加活动，获得了珍贵的野外经历。

特别感谢布鲁诺·米拉尼，他带我参加了一次救援活动，并为我提供了宝贵的信息。在他的帮助下，我得以正确使用专业术语；在他的指导下，我才能使用恰当的语言描绘他的工作。感谢西蒙内·阿米德依，他详尽地为我解释了搜索犬的工作内容、训练方式以及它们和家人相处的方式，并让我明白人类与动物之间的特殊关系对培养一只出色的搜索犬来说，是多么重要。

感谢米尔科和它的狗佐罗，感谢伦巴第大区切拉特民防救援组的志愿者们。特别感谢玛利亚、奥罗拉和米利亚姆的热情招待，正是他们带我认识了佐罗。

感谢所有我认识和在行动中偶遇的地面搜索犬和雪山搜索犬：杰克、佩佩、佐罗、艾斯、布侬奥和布莱克，感谢所有给予我帮助的人。谨以此小说表达我对你们的无限感激和深情厚谊。

狼图腾之再见了，小狼（影像青少版）

年轻的汉族知青陈阵和杨克，在辽阔美丽的内蒙古额仑草原，跟随睿智、崇尚腾格里的毕利格老人，渐渐地迷上了"狼图腾"。为了探索狼世界的奥秘，他们窥视狼群狩猎、挖狼洞、养狼崽、面临狼灾……陈阵在内蒙古额仑草原长时期地与狼共舞，与心爱的小狼结下了生死之情。

斑羚飞渡（影像青少版）

一群老斑羚从容迈向深渊，心甘情愿地用生命为下一代开通一条生存的道路；一只美丽的红奶羊竟做了黑狼家的奶羊，做了小狼崽的奶妈；一头老鹿王拒绝浑浑噩噩，决心要有尊严地活着……一个个饱满、充满灵性、可爱又温暖的动物形象跃然纸上，纠结的母性、伟大的母爱，充溢在心田，散发出润泽的光辉。

獒王归来（影像青少版）

西结古草原上发生了百年不遇的特大雪灾。不寻常的是，多猕草原和上阿妈草原的狼群也都悄悄集结到了西结古草原，饥饿的狼群随时准备向受灾的牧民发起攻击。使命催动着藏獒勇敢忠诚的天性，为了保护人类的利益，西结古草原的领地狗群在獒王冈日森格的率领下，扑向了大雪灾中所有的狼群、豹群、猞猁群和危难……

狼谷牧羊犬（影像青少版）

蒙古牧羊犬，一个从传说中而来的犬种，一直守护着蒙古草原游牧人的营地和他们的羊群。本书字里行间传递出蒙古牧羊犬的勇气、忠诚、自由和爱。草原、畜群、牧羊犬、勒勒车……向我们展开了一幅灿烂的游牧画卷：深邃神秘的北方草地，与大自然融为一体的鄂温克，以及游弋在草地与山林间的生灵，荡漾出一种不可复现的童年气派的美丽。

马王（影像青少版）

拳毛骝从马驹成长为马王，艰难、辛酸，遭遇了种种磨难。它是蒙古野马与胡尔勒家马爱情的结晶，出生的第二天，母马就死了。它靠着智慧与机智，在艰苦的环境下长大，并展现出与众不同的特质。突如其来的暴风雪、凶残的狼群、贪婪的盗马贼、匮乏的食物……一次次考验着拳毛骝。

大熊猫传奇（影像青少版）刘先平

在苍苍莽莽的森林中，一对憨态可掬的大熊猫母子欣然跃入眼帘，这个传说中的"黄龙的坐骑"，如今被视为稀世珍宝的"活化石"散发着深邃与神秘。当代大自然文学之父刘先平以精彩的故事，再现自然界的生存竞争场景和生动有趣的探险经历，为小读者们带来不一样的阅读感受和视觉体验。

中国虎（影像青少版）

被认为早已灭绝了的野生中国虎突然出现在了百山祖原始森林！这可能是世界上最后的一只中国虎！一支考察组在特种部队的协助下极力维护中国虎的生存环境，帮助它繁衍后代，延续血脉。同时，盗猎高手彭潭、彭渊兄弟也在伺机猎杀。一场正义与邪恶、保护与破坏、盗猎与反盗猎的搏斗由此展开！

最后一头战象（影像青少版）

一头老战象，在生命的最后时刻毅然走向了"百象冢"，和曾经并肩战斗过的同伴们葬在了一起；象母嫫婉慷慨为仇家小象喂奶……这些充满人性光辉的动物故事，绽放出璀璨蓬勃的生命之火，谱写了凄美高亢的丛林之歌，在善与恶、美与丑的对决中，告诉人们什么才是正义、勇气和智慧。

骆驼（影像青少版）

"大驼运"之路异常辛苦、危险。一路上，骆驼依然是受人驱使的，但它们也是有血有肉、有情有义的。它们会为了自己心爱的意中人不吃不喝，在广袤无边的大漠中寻找对方；它们会为了能让自己的孩子活下去而宁愿走过刀山火海；它们会为了保护主人而去和猛兽毒蛇较量……这就是骆驼的真情和善良。

白天鹅红珊瑚（影像青少版）

白天鹅是美的化身，高贵的代名词。一只最美的白天鹅——红珊瑚为了幼鹅而奋不顾身与水獭搏杀，变成了"丑八怪"；一只传奇的白天鹅——红弟，一生经历了七次冒险；四只哨兵天鹅用生命铸就了种群的繁荣与安宁……一部激荡唯美的天鹅传说，一曲自然野性的生命赞歌。

云海探奇（影像青少版）刘先平

在茂密的丛林中，弥漫着"云海飘游者"的传说，它们到底是野人，还是……文章以神秘的野兽踪迹为线索，通过追寻珍稀野生动物——短尾猴的精彩刺激的探险故事，向小读者们——展示瑰丽多姿的自然风光以及各种奇禽异兽。文中两位小主人公坚定执着、永不放弃的科学探索精神亦为小读者们带来深刻的启发。

第七条猎狗（影像青少版）

一个闯荡山林四十多年的老猎人——召盘巴，先后有过七条猎狗，却唯独钟爱这条名叫"赤利"的第七条猎狗。然而，那年的泼水节前的一次狩猎，却改变了赤利的命运……狡黠的狐狸还能再骗"我"一次吗？刀疤豺母和强巴可以"一笑泯恩仇"吗？"六指头"和虎娃金叶子之间又有怎样感人的故事？翻开这本《第七条猎狗（影像青少版）》，就可以找到答案哟！

罗杰阿雅（影像青少版）黑鹤

黑鹤事无巨细地记录着他的两条牧羊犬——罗杰与阿雅的成长。为罗杰去除狼趾的过程；罗杰和阿雅第一次在家里吃饭的场景；罗杰在路上奔跑的速度；罗杰望向窗外专注的眼神；罗杰迎接黑鹤时巨大的热情；罗杰以破坏的方式证明自己的存在……黑鹤用每一个细节强调罗杰对人的热情和依赖，罗杰和阿雅们是和我们一起共同栖居在钢筋水泥丛林中的生命。

百年牧道（影像青少版）许廷旺

草地人自古以来就注重草地生态平衡，转场主要是为了让草地休养生息，永久保持水草丰美。在转场路上，有回肠荡气的悲壮故事，也有催人泪下的感人故事，一路辗转奔波，有难以预测的困难甚至灾难。不过，只有经历数次转场，草地人才变得异常坚强，从容面对各种困难。百年牧道，场面波澜壮阔，故事情节生动曲折，非常有吸引力。

狼国女王（影像青少版）

一个特别寒冷的冬天，肆虐的暴风雪连续下了四天四夜，生活在日曲卡雪山附近的帕雅丁狼群饿得走投无路，不得已虎口夺食。结果雄性的狼王被孟加拉虎咬死，一只雌狼临危受命，登上了狼王的宝座。此后，它带领狼群出生入死，经历了各种磨难，用自己的一生造就了一个扣人心弦的女王传奇，书写了一部雄浑博大的母爱史诗。

千鸟谷追踪（影像青少版）刘先平

瞧，它的嘴晶莹水灵，宝石般红；喉咙、下颏黄色，像初熟的橘子；眼圈像是两片花瓣，金黄金黄的；前胸像是落下了一片朝霞；它还挺起胸来炫耀哩，肚子上像围了个淡黄的肚兜；红斑点缀在橄榄色的两个膀子上，格外鲜艳……它会是两位小主人公苦苦寻求的红嘴玉吗？让我们跟随他们一起进入五彩斑斓的鸟类世界，看那一只只艳丽多彩的飞翔精灵，赏那一场场惊险刺激的搏斗场面。

蒙古细犬（影像青少版）黑鹤

神秘的荒野中隐藏着一幅幅震撼人心的场面：猎人德子与野猪的搏斗，蒙古细犬特日克的猎杀和护主，芒来和父亲给特日克举办的满怀敬意的葬礼……还有蒙古细犬萨合乐为保护草原勇斗整个獾家族，以及守护者哈执信的传奇故事……

驯鹿丛林（影像青少版）黑鹤

丛林精灵中与人类关系最亲密的是驯鹿：它们驯顺，离不开人类的营地；但因为拥有荒野的灵魂，又常常被神秘的山林召唤而离开。人类在与驯鹿若即若离的关系中，洞察到了自然和山林最神圣最隐秘的讯息。听，森林又唱起了自己的歌谣，歌里唱的是潺潺的流水、驯鹿的蹄声、猎人的呼喊，还有很多很多……

恐龙保卫战（影像青少版）袁博

年轻的少年剑龙们，面临着种族日益衰微的境况以及步步紧逼的天敌异特龙，它们学会了坚强和抵抗，努力使自己的族群生存下去并生生不息。一对年幼的霸王龙兄弟，刚出世就失去了母爱，在成长的过程中却意外收获沉重的父爱。一群在父母庇护下的小三角龙，在迁徙途中找到了失去的勇气，它们结成了环形抵御阵，为家族存亡并肩而战。

雪狮成长记（影像青少版）王勇

非洲辽阔的塞伦盖蒂大草原上，最大的狮群之一——黑旋风狮群王位更替，老狮王战败，新狮王开始屠杀老狮王留下的幼狮。母狮莫卡为了保护自己的四个孩子免受雄狮的屠杀，带着四只小狮子离开狮群踏上了流亡之路。坎坷与挫折，磨难与危险，在弱肉强食的非洲大草原上，莫卡一次次地失去自己的孩子，但她始终没有向命运屈服。最终，她为了保护唯一剩下的孩子——雪狮而命丧人类枪口。

头羊（影像青少版）许廷旺

冬季的台来花草原，银装素裹，大雪让狼群缺少食物，于是狼群出没，威胁着羊群的生命。头羊是羊群的首领和灵魂，它们身材高大健硕，犄角壮美结实，敢于同恶狼决斗。羊也敢和狼对峙吗？是的，对生命的渴望把它们逼成了斗士。牧民、牧羊犬和羊群一起，不仅面临着狼的袭击，也面临着外来者对家园的威胁。它们脆弱、逆来顺受，如同草原的生态系统，可又有谁能拯救它们和它们的草原呢？

呦呦鹿鸣（影像青少版）刘先平

在野生珍稀动物日趋减少的深山老林里，参加自然保护小组的孩子们发现了一头穿着花衣裳、冒出鹿茸桃儿的精灵——梅花鹿大花角。然而，种种迹象表明，这头正在长鹿茸的大公鹿已经被一支打鹿队盯上了。一旦被打鹿队抓到，大花角必将性命不保！……形势越来越紧迫，时间越来越紧张，孩子们最终能赶在打鹿队之前找到大花角吗？

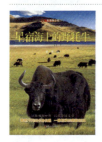

星宿海上的野牦牛（影像青少版）袁博

在星宿海的大草原上，一种名为勇气的力量，让孤独的小牦牛黑子逐渐成熟，使年老的野牦牛铁角获得了新生。从童年到青春，从壮年到暮年，黑子与铁角截然不同的遭遇，演绎了一代代野牦牛不同的命运。不变的是它们用灵魂深处一脉相承的刚毅与勇气，演绎了一曲充满尊严的生命赞歌。

盐湖边的狮子（影像青少版）袁博

自古以来，非洲狮的皮毛都是金黄色的，与金色的草原浑然一体。而小狮子白雪生来毛色纯白，醒目的毛色暴露了同胞的行踪，给狮群带来接二连三的灾难……在环境极度恶劣的纳特龙盐湖边，失去父母的小狮子白雪有了一个小王猎豹朋友，同时，它还学会了隐蔽自己，学会了捕猎，不放弃任何生存的希望——因为它相信自己有着一颗狮子的心。

火烈马（影像青少版）袁博

这是一个关于三匹小马成长的故事，讲述了通体赤红的火烈马族群遭到了黑色野马的入侵，族群内部因此发生了天翻地覆的变化。火烈马族群里性格迥异的三匹马驹在动荡中逐渐长大成熟，它们或有斗争或有协作，但最终合力击败了入侵的黑色野马。然而草原野马的天性迫使它们难以逃脱父辈们相互争斗的生命轨迹。

玛汀的非洲奇幻之旅 1：
白色长颈鹿（影像青少版） ［英］劳伦娟

　　玛汀十一岁时，被送往千里之外的南非野生动物保护区。她的人生从此与非洲隐秘奇幻的土地连为一体。一个夜晚，玛汀独自站在窗前，看到了一只年幼的长颈鹿。它白色的皮肤衬着肉桂色的斑点，在月光下闪着银光。在那一刻，玛汀知道，她愿意为了它，经历各种危险。这只白色长颈鹿凝望着她，仿佛也在等待着什么……

玛汀的非洲奇幻之旅 2：
海豚之声（影像青少版） ［英］劳伦娟

　　似乎从小薇老师通知去看"沙丁鱼汛"那一刻开始，命运就已经"发功"了。无论玛汀多么想阻止它，她还是在大海孤舟中快速向前。而这小舟被别人操控着，这个人带着她朝着一个目的地，那就是死亡岛。而当威胁来临，玛汀的超能力能拯救她和海豚，还有身边的小伙伴吗？

玛汀的非洲奇幻之旅 3：
最后的豹王（影像青少版） ［英］劳伦娟

　　玛汀期待已久的假期来了，她终于可以每天骑着白色长颈鹿杰米到处游荡。然而一个突发事件把她和本带到了津巴布韦的马托博山。在这个治安混乱的地方，人们为了寻找传说中非洲国王遗失的宝藏，而追杀着最后一只金钱豹。这次，玛汀和本将用他们掌握的所有生存技巧和默契，去营救世间稀有的金钱豹和他们自己。

玛汀的非洲奇幻之旅 4：
大象传说（影像青少版） ［英］劳伦娟

　　一辆黑色的小轿车突然闯入了萨沃博纳野生动物自然保护区，带来了令玛汀和她外祖母绝望的消息——保护区以及保护区里的一切将不再属于她们。

　　为了保住萨沃博纳，玛汀和好朋友本一起冒险来到了纳米比亚调查真相。在那里，他们遇见了充满神秘色彩的圣布须曼族男孩。随着调查的逐渐深入，一个险恶的计划慢慢浮出水面……

玛汀的非洲奇幻之旅 5：
拯救犀牛（影像青少版） ［英］劳伦娟

　　在"星星点点"旅行团参观萨沃博纳之后，保护区的白犀牛遭到了偷猎者袭击，留下了虚弱无助的犀牛幼崽。绝望的玛汀决定和本一起带它去金门高地国家公园的避难所疗伤。然而避难所里隐藏着一个惊人的秘密——所有人都在全力保护着另一头拥有非洲最长犀牛角的母犀牛。玛汀和本不知不觉地卷入了这场保卫犀牛的战斗。在这场敌我难辨的保卫战中，他们该依靠谁呢？

浙 江 省 版 权 局
著作权合同登记章
图字：11-2017-351 号

责任编辑：裘禾峰
装帧设计：巢倩慧
责任校对：高余朵
责任印制：汪立峰

图书在版编目（CIP）数据

救援犬佐罗 : 影像青少版 / （意）保拉·扎诺内尔 (Paola Zannoner) 著 ; 应超敏译 . -- 杭州 : 浙江摄影 出版社 , 2018.1

（世界新经典动物小说馆）

ISBN 978-7-5514-2088-4

Ⅰ . ①救… Ⅱ . ①保… ②应… Ⅲ . ①儿童小 说－长篇小说－意大利－现代 Ⅳ . ① I546.84

中国版本图书馆 CIP 数据核字（2017）第 313926 号

世界新经典动物小说馆

救援犬佐罗（影像青少版）

［意］保拉·扎诺内尔 著 应超敏 译

全国百佳图书出版单位

浙江摄影出版社出版发行

地址：杭州市体育场路 347 号

邮编：310006

网址：www.photo.zjcb.com

电话：0571-85170614

经销：全国新华书店

制版：浙江新华图文制作有限公司

印刷：浙江兴发印务有限公司

开本：710mm×1000mm 1/16

印张：13

2018 年 1 月第 1 版 2018 年 1 月第 1 次印刷

ISBN 978-7-5514-2088-4

定价：32.00 元